AF593076

ESSAI HISTORIQUE

SUR LE BIENHEUREUX

ANDRÉ BOBOLA

DE LA COMPAGNIE DE JÉSUS

Béatifié par Sa Sainteté le Pape Pie IX

PAR VICTOR DE BUCK

PRÊTRE DE LA COMPAGNIE DE JÉSUS ET BOLLANDISTE

Tam crudele vix ac ne vix quidem in hac sacra congregatione propositum fuit simile martyrium.

Jamais, pour ainsi dire, un si cruel martyre n'a été proposé aux discussions de cette sacrée congrégation. *La Congrégation des Rites, dans son avis sur le martyre du P. Bobola*

BRUXELLES

IMPRIMERIE DE J. VANDEREYDT

RUE DE FLANDRE, 104

1853

APPROBATION.

Ayant fait examiner l'opuscule intitulé : *Essai sur le bienheureux André Bobola, de la Compagnie de Jésus, par Victor De Buck, S. J.*, nous en permettons l'impression.

Malines, le 9 *décembre* 1853.

P. CORTEN, *Vic. Gén.*

COLLECTION DE PRÉCIS HISTORIQUES,

PAR ÉD. TERWECOREN, S. J.,

au Collége Saint-Michel, à Bruxelles.

2e ANNÉE, 1853.

Deux livraisons par mois. — Abonnement, 5 francs par an.

ESSAI HISTORIQUE

SUR LE BIENHEUREUX

ANDRÉ BOBOLA.

I.

Cause de la pénurie des documents sur la vie du bienheureux André Bobola.

Durant la longue guerre des Cosaques, un nombre infini de prêtres, de religieux et de laïques scellèrent de leur sang leur fidélité à la sainte Église de Dieu.

Il en résulta que la gloire du martyre, partagée par tant de courageux athlètes, devint en quelque sorte trop commune pour continuer d'exciter l'admiration. Aussi les sentiments de vénération, avec lesquels la sainte mort du bienheureux Josaphat avait été partout accueillie, ne se reproduisirent plus avec le même éclat, à la vue des corps inanimés de tant d'autres héros, aussi magnanimes dans leur lutte pour l'unité de l'Église que l'avait été l'illustre archevêque de Witebsk.

Delà une autre conséquence non moins déplorable : on négligea de recueillir ces exemples, si capables d'édifier la postérité. Ils devaient donc s'effacer peu à peu de la mémoire des Lithuaniens et des Polonais, avec le souvenir de l'époque désastreuse pendant laquelle ils avaient été donnés.

Le bienheureux André Bobola aurait eu le sort de tant d'autres confesseurs de l'unité catholique, dont on ne parle plus que d'une manière générale, s'il n'eût plu à Dieu d'interrompre à son égard l'oubli des hommes et d'entourer son tombeau, après cinquante ans d'obscurité, d'une gloire aussi inattendue qu'éclatante. C'est ce qui fit dire, lors de la procédure de sa béatification, que « le Tout-Puissant était le vrai postulateur de cette cause. »

Mais si ce retard présente un côté glorieux ; il en offre aussi de fort désavantageux pour l'histoire. Il s'en est suivi que, parmi les trois cents témoins qui ont été entendus dans le procès, il en est peu qui ont pu déposer de ce qu'ils avaient vu eux-mêmes des vertus et du martyre du P. Bobola ; et ce qu'ils en ont fait connaître est aussi peu étendu que peu circonstancié. Voilà une des difficultés qui entravent le récit de la vie et du martyre du bienheureux. Elle sera toujours commune à tous ses historiens; mais elle est d'autant plus grande pour nous, que nous ne sommes parvenu à nous procurer qu'une partie des documents et des procédures. Cette considération nous aurait fait remettre à d'autres temps ce récit des actions et de la mort du serviteur de Dieu, s'il ne fallait satisfaire la piété empressée de beaucoup de fidèles en faisant connaître celui que le vicaire de Jésus-Christ vient de proposer à leur culte.

La rédaction de cette vie présente une autre difficulté : « la Pologne, théâtre des travaux et du martyre du P. Bobola, est un pays tellement à part, selon l'expression de l'historien de Sobieski, qu'on ne peut comprendre le moindre récit détaché de ses annales. » On conçoit assez qu'il nous est impossible de parer à cet inconvénient. Pour le diminuer, nous tâcherons de crayonner la scène, sur laquelle le bienheureux accomplira ses travaux et consommera son sacrifice. Ce seront, à la première vue des hors-d'œuvre; mais, pour peu qu'on réfléchira, leur liaison avec le sujet principal ne manquera pas de se faire sentir.

En finissant ce chapitre préliminaire, je proteste que je ne dirai rien touchant la sainte mort du serviteur de Dieu et les autres circonstances de sa vie, qui ne soit appuyé sur les meilleurs témoignages : car on ne peut faire à Dieu et à ses saints une plus grande injure que de supposer, pour nous servir de l'énergique expression d'un grand auteur, que « leur gloire à besoin des mensonges des hommes. » On pourra même nous trouver minutieux. A ce reproche nous répondrons que les paroles et les souffrances des martyrs sont à nos yeux des choses si sacrées que chaque mot de leur bouche nous paraît digne d'être recueilli, chaque goutte de leur sang digne d'être comptée. Qu'on nous permette de rappeler ici comment le savant et pieux Ruinart commence la préface générale de son recueil des actes authentiques des premiers martyrs : « Après les divines Écritures, dit-il, que de saints personnages ont écrites sous l'inspiration de l'Esprit-Saint, rien ne doit nous paraître plus saint ni plus auguste que les actes authentiques des martyrs. L'Écriture nous apprend que les paroles que les saints confesseurs prononcent devant leurs juges, leur sont suggérées d'en haut; de sorte que leurs réponses aux gouverneurs, conservées dans ces actes, doivent être tenues pour des oracles divins. Il ne faut pas avoir moins de respect pour leurs actions et surtout pour leurs souffrances, puisqu'ils n'ont pu consommer leur martyre qu'avec l'assistance de l'Esprit de Dieu. » C'est pourquoi dans le martyre du P. Bobola rien n'est petit, puisque tout y est divin.

II.

Position de la Compagnie de Jésus et de la famille du bienheureux Bobola en Pologne.

Lorsqu'un Ordre religieux est placé dans des conjonctures difficiles, la plus grande grâce que Dieu puisse lui faire c'est de lui donner des hommes qui soient à la hauteur de ces difficultés. Les provinces de Pologne et de Lithuanie eurent surtout pendant le XVIIe siècle, cet inestimable bonheur. Jetés au milieu de tous les partis, des royalistes, de la haute noblesse, de la basse noblesse, des serfs, des catholiques, des schismatiques, des Sociniens, des Calvinistes, des Luthériens, les Jésuites se montrèrent tels que l'attendait l'Église de Dieu.

En 1665, huit ans après la mort du bienheureux Bobola, le prince Radziwill, chancelier de Lithuanie, dédiait à la Compagnie de Jésus un livre de méditations sur la passion de notre divin Sauveur. Dans l'épître dédicatoire, écrite en latin comme le reste de l'ouvrage, il s'exprimait en ces termes : « J'ai entendu mon frère Radziwill, de glorieuse mémoire, palatin de Vilna et général du grand-duché de Lithuanie, qui était protestant, me faire cet aveu : « Quoique » nous ayons, me disait-il, des personnes char- » gées de découvrir les fautes des religieux, nous » n'avons jamais pu rien trouver de répréhen- » sible dans la Société de Jésus. D'après mon » sentiment, je les déclare hommes de pro- » bité. »

Ce fut pour vivre au milieu de ces hommes, dont la vertu était reconnue par leurs adversaires mêmes, que le bienheureux André Bobola, à l'âge de dix-neuf ans, sut se soustraire aux espérances du siècle, espérances que ses talents et son nom lui donnaient le droit de nourrir dans son cœur.

Sa famille était une des plus anciennes et des plus distinguées de la Pologne. Originaire de Bohème, elle avait changé de patrie entre l'année 1229 et l'année 1333. Son fondateur fut Jacques Bobola, chevalier de Jérusalem, vaillant et pieux guerrier, qui combattait d'une main et réédifiait de l'autre les temples du Seigneur.

Parmi les ancêtres d'André on en trouve un grand nombre d'une piété si admirable que les historiens de la Pologne n'ont pas craint de donner à quelques uns le titre de Saint.

Leur dévouement à la Compagnie de Jésus ne fut pas moins remarquable : on compte plusieurs maisons et plusieurs églises de l'Ordre bâtis ou relevés par leurs soins, et ils lui donnèrent de plus deux ou trois de leurs membres qui brillèrent au milieu des enfants de saint Ignace par la science et surtout par la piété.

Il n'est donc point étonnant que cette noble famille ait reçu de Dieu la grâce de pouvoir donner à l'Église et à la Compagnie de Jésus un des plus glorieux martyrs des temps modernes.

III.

Chronologie de la vie du bienheureux Bobola

André Bobola, dont Dieu, dans sa bonté, voulait recevoir le plus grand témoignage d'amour qu'on puisse lui donner, le témoignage du sang, naquit en 1590, dans une terre du palatinat de Sandomir. Dès son enfance, il paraissait être prévenu des dons de Dieu d'une manière spéciale. « A compter de ses plus tendres années, lit-on dans le bref de béatification, il donna de grandes espérances par son esprit excellent. Parvenu à l'adolescence, il montra une vertu tellement au-dessus de son âge, que ses maitres le proposaient pour modèle à ses condisciples. Rien ne pouvait le séparer de l'amour de son Dieu, rien ne pouvait le retarder dans la carrière de la sainteté, ni les splendeurs de sa maison, ni les honneurs qu'il pouvait se promettre, ni l'amorce trompeuse des plaisirs. »

Il entra au noviciat de Vilna, le 2 juillet 1611[1]. Sa candidature ou première épreuve dura plus d'un mois. Il prit l'habit le 10 août, fête de saint Laurent, comme si Dieu eût voulu le mettre sous la protection spéciale de ce grand martyr et lui en présager le sort.

Après les deux années de noviciat, il fréquenta le cours de philosophie, pendant trois ans.

L'année 1616, la régence d'une classe de grammaire lui fut confiée; il s'acquitta de cette charge pendant deux ans.

En 1618, il commença ses études de théologie ; il devint prêtre le 22 mars 1622, le jour même où le pape Grégoire XV célébrait à Rome la canonisation de saint Ignace et de saint François-Xavier.

A la fin de la même année scolaire, le troisième an de probation, destiné à réparer les pertes spirituelles que l'application à l'étude aurait pu occasionner, l'attendait; mais il ne nous reste de ce temps aucun souvenir certain.

[1] Je trouve aussi marqué le 11 juillet. Cette divergence ne peut point s'expliquer par la différence entre le style ancien et le nouveau. Le chiffre romain II aura été pris pour le chiffre arabe 11.

Le succès, que le bienheureux Bobola avait eu auprès de la jeunesse, pendant les deux années qu'il avait enseigné la grammaire, engagea ses supérieurs à l'établir préfet des classes, emploi qu'il remplit neuf ans et auquel il joignit, dès l'année 1625, celui de prédicateur. Cette dernière fonction devint peu à peu son occupation principale; en 1651, il l'exerçait déjà depuis vingt-six ans.

Le 2 juillet 1630, le dix-neuvième anniversaire de son entrée dans la Compagnie, il fit la profession solennelle des quatre vœux. Ce grade exige, d'après les constitutions, une doctrine éprouvée dans des examens sévères. Un document, extrait des archives de la province de Lithuanie, rend témoignage de la manière brillante dont le P. Bobola avait parcouru la carrière des études.

Les Jésuites avaient dès cette époque une résidence à Bobrouisk, ville située à l'embouchure de la Bobrouïia, sur la Bérésina, à cent soixante et un kilomètres sud-est de Minsk. Cette résidence dépendait du collége de Nieswiez, mais elle avait en même temps son propre supérieur. En 1651, le bienheureux André remplissait cet emploi depuis deux ans. C'est le dernier poste dans lequel nous le trouvons avant qu'il consomma son martyre en 1657.

Tel est l'enchaînement de la vie du bienheureux André Bobola. Nous espérons qu'il y manque peu de chaînons.

IV.

Vertus et autres qualités du bienheureux Bobola.

Nous l'avons dit en commençant ; les détails manquent sur l'homme apostolique, que le Saint-Siége vient de compter au nombre des bienheureux. Voici ce que nous sommes parvenu à recueillir.

Les témoins s'accordent à l'appeler un homme vraiment pieux, humble, mortifié, d'une grande abstinence, un excellent missionnaire, un religieux estimé, un prêtre véritablement saint, dont l'éloge était dans toutes les bouches, de son vivant même. Il est loué particulièrement pour sa dévotion au Saint-Sacrement de l'autel.

Une femme déposa que son mari centenaire avait coutume de dire que pendant sa vie deux saints avaient vécu en Pologne ; et que c'étaient les Pères Nicolas Lancicius et André Bobola. Il fallait que la sainteté du P. Bobola fut bien grande, pour être mise en parallèle avec celle du vénérable Lancicius[1].

[1] Le P. Lancicius est un calviniste converti. Il entra dans la Compagnie en 1592 et y mourut en 1652. Il remplit presque

Le P. Jean Lakaszewicz, pendant qu'il était chargé de l'instruction des Pères de la troisième probation, à Nieswiez, rendit à la vertu de notre bienheureux un témoignage que nous traduisons en entier; nous ne retrancherons pas même le portrait qu'il y trace du glorieux martyr. Voici ce qu'il écrivit le 25 octobre 1715 :

« Pendant la guerre des Moscovites, des Suédois et des Cosaques, écrit-il, Pinsk et ses environs furent pendant quelque temps libres des incursions de l'ennemi. La sécurité et le repos, dont on y jouissait, y attira quelques jeunes gens nobles, qui ne voulaient point interrompre leurs études, à cause du bruit de la guerre. De ce nombre était Mgr Brzostowski, évêque actuel de Vilna, avec ses deux frères. En même temps quelques membres de notre Compagnie, chassés déjà ailleurs de leurs habitations, vinrent également s'y refugier dans notre collége, où je poursuivais alors moi-même mes études. Je me rappelle avoir vu parmi ces nouveaux-venus les Pères

tous les emplois de son Ordre. Comme écrivain ascétique, il paraît jouir, dans la Compagnie, de la plus grande autorité après saint Ignace. Sa sainteté lui a acquis le titre de *Vénérable*. Aidé par la grâce, il parvint à agir, *sans interruption*, avec l'intention *actuelle* de la plus grande gloire de Dieu. Les dons miraculeux ne semblent point lui avoir manqué. En un mot, il passe pour un des plus saints personnages que la Compagnie de Jésus a donnés à l'Église.

Bobola, Maffon et Klosowicz. Le P. Bobola resta chez nous un temps notable ; ce qui me permit de faire sa connaissance, de lui rendre quelquefois visite et de causer familièrement avec lui dans sa chambre. C'était un homme grave, modeste, sobre, spirituel, rempli de dévotion, exact observateur des règles. Il était pour nous tous, qui avions le bonheur de le voir, un sujet d'édification. Il avait la taille petite[1] ; la tête, la face, le corps arrondis; le visage plein et un peu rouge ; ses cheveux avaient grisonné avant l'âge et étaient devenus tout blancs. Il en était de même de sa barbe, qu'il ne rasait point, mais à laquelle il laissait une longueur médiocre. Il ressemblait beaucoup au P. Paul Branicki et au P. Szembarski, mais il était plus âgé. C'était un prédicateur et un missionnaire plein de zèle. » Il fallait que le P. Bobola eût fait sur le P. Lukaszewicz une impression bien grande, pour que ce dernier pût ainsi se rappeler, cinquante-six ans après la mort du glorieux martyr, jusqu'à ses moindres traits. En effet, la description que l'on vient de lire est entièrement conforme à la déposition du chirurgien juif Wolf Abrahamowicz, qui vit le Père après son supplice. Celui-

[1] Celui des experts, qui, lors de l'autopsie du corps en 1730, semble l'avoir mesuré avec le plus d'exactitude, lui donne cinq pieds et demi géométriques.

ci n'ajoute qu'un détail peu important, c'est que le bienheuraux était devenu un peu chauve[1].

Mais revenons à ses vertus apostoliques. Le P. Bobola est présenté, dans un éloge funèbre écrit quelques années après sa mort, comme un homme plein d'un saint zèle. On y lit : « Le salut des âmes. était l'objet continuel de ses préoccupations. Aux grands et aux petits il était également cher, et avec une affabilité admirable, il inspirait à tous ceux qu'il avait attirés dans sa familiarité la volonté de vivre saintement. C'est ainsi qu'un grand nombre d'élèves, enflammés par ses entretiens spirituels, ont renoncé au monde pour entrer dans la Compagnie ou dans d'autres Ordres reli-

[1] A la suite de ce portrait du serviteur de Dieu, qu'on nous permette de faire au moins une note sur un sujet, petit en lui-même, mais assez considérable dans ses circonstances.

Le P. Lukaszewicz et le chirurgien Wolf semblent parler de la barbe du P. Bobola, comme d'une particularité dans un prêtre latin de la Lithuanie. Si telle a été leur pensée, il faudra dire que le bienheureux s'est écarté de l'usage général pour s'introduire d'autant plus facilement chez les schismatiques. Tout le monde sait ce qui arriva du temps de Pierre-le-Grand. Maintenant même un missionnaire ne doit point espérer de faire le bien dans la classe inferieure, chez les grecs non-unis, s'il se refuse d'imiter le P. Bobola. On peut trouver ce préjugé du peuple ridicule ; saint Paul en trouva beaucoup de semblables sur son chemin ; il s'y accommoda et son exemple apprit à ceux qui veulent le suivre dans la carrière apostolique, qu'il faut user d'une grande condescendance.

gieux. De même beaucoup de nobles, arrachés au schisme et à l'hérésie, ramenés d'une vie de péché et de scandale à une vie vraiment chrétienne, ou raffermis dans la foi qu'ils avaient perdue par leurs doutes, le considèrent comme l'instrument dont Dieu s'est servi pour leur rendre une croyance ferme, une conduite réglée, une vie pieuse. Le district de Pinsk ne fut point étranger aux travaux de son apostolat assidu : ils furent couronnés du plus heureux succès. Aussi, quand on portait son corps au tombeau, entendait-on le peuple le nommer l'*Apôtre de Pinsk*. N'avait-il point, pendant plusieurs années, donné ses sueurs et ses peines à la plus grande partie de ce district, et ne l'avait-il point arrosé de tout le sang de ses veines? »

Mais avant d'entrer plus avant dans la vie de missionnaire du bienheureux Bobola, il convient de faire connaître les ennemis, contre lesquels il devait lutter.

V.

Abrégé historique de l'église ruthène, surtout pendant la vie du bienheureux Bobola.

La conversion des peuples slaves commença au IXe siècle par l'apostolat de deux frères, saint

Cyrille et saint Méthode, et fut achevée au siècle suivant, sous le saint roi Vladimir.

Cette nouvelle église resta dans la communion romaine jusqu'au XIIe siècle; mais depuis lors ses évêques embrassèrent tantôt le schisme, tantôt l'unité catholique. Au concile de Florence, Isidore, métropolitain de toute la Russie et archevêque simultané de Kiev et de Moscou, souscrivit à l'union, qui fut reçue à Kiev et dans les évêchés de sa dépendance, Bransk, Smolensk, Premysl, Turow, Vladimir en Volhynie, Polock, Chelm et Halitz, mais repoussée par la province ecclésiastique de Moscou.

Il ne s'écoula point un siècle que tous les ruthènes de la province ecclésiastique de Kiev ne fussent retombés dans le schisme. Mais la plus grande partie de l'épiscopat et du clergé s'en releva en 1594. Malheureusement il n'en fut point de même du peuple, qui, nourri dans la haine des latins et soutenu par l'exemple et l'argent des Moscovites, persévéra en masse dans le schisme.

Gagner ces obstinés à l'Église de Dieu était une œuvre de courage et de patience.

On pensa que le meilleur moyen d'y parvenir était de bâtir dans les villes principales des colléges et des couvents latins. Ce plan fut exécuté sur une large échelle, et l'on vit bientôt sortir de ces maisons religieuses des essaims de missionnaires, chargés de faire comprendre aux schismatiques que Jésus-Christ n'a établi qu'une seule Eglise, qu'il l'a bâtie sur saint Pierre, qu'il lui a confié la garde de tout son troupeau, et que leurs propres livres liturgiques sont remplis des témoignages les plus éclatants de cette doctrine apostolique. En même temps les siéges épiscopaux furent occupés par de saints évêques, que le pouvoir civil soutenait avec vigueur; de telle sorte que le roi Sigismond III déclara, en 1620, qu'il se laisserait dépouiller du diadème et envoyer en exil, plutôt que de consentir au renouvellement du schisme par l'ordination de prélats hostiles à l'unité.

Toutefois, les schismatiques ne se tinrent point pour battus. Ils firent venir de Grèce un évêque, qui, se donnant le titre de patriarche de Jérusalem, osa rétablir la hiérarchie schismatique, sacrer de nouveaux évêques, ordonner des prêtres, et répara de cette manière, en peu de temps, la brèche faite au schisme ruthène.

Sans tarder, ces nouveaux intrus rappelèrent le peuple au schisme, s'emparèrent des églises, chassèrent les catholiques. Toute la Lithuanie gémissait à la vue des émeutes, des sacriléges, des pillages, des meurtres, des incendies. En plusieurs endroits, des ruthènes-unis, moururent martyrs de l'unité de l'Église. Celui qui se distingua le plus parmi tous ces généreux athlètes, fut le bienheureux archevêque de Witebsk, Josaphat Kuncevicz. Déjà trois fois, dans l'espace d'une année, on avait attenté à sa vie. Le 12 novembre 1623, son palais est envahi; on terrasse, on blesse, on tue ses domestiques; on brise les portes et les meubles; on cherche partout le saint prélat. Aux cris et au tumulte qui remplissent sa demeure, le saint pontife sort de sa chambre, fait un signe de croix et, s'adressant à ses ennemis avec sa douceur accoutumée, il leur dit ces paroles : « Mes enfants, pourquoi tuez-vous mes domestiques? Si vous avez quelque chose contre moi, me voici. » En ce moment deux schismatiques s'élancent de la chambre en face, déchargent, sur sa tête, l'un un coup de massue, l'autre un coup de hache; on traîne son corps dans la cour; on lui fait de nouvelles blessures; le martyr, élevant la main, s'écrie une dernière fois : « O mon Dieu! » Une décharge de fusils dirigés sur sa tête, et des coups de massues labourant tout son corps, mettent fin à une vie qui depuis longtemps n'était plus qu'un martyre continuel. Beaucoup de miracles, constatés de la manière la plus authentique, rendirent témoignage de la gloire, dont le confesseur de l'unité catholique jouissait auprès de Dieu [1].

Cependant la justice humaine devait avoir son cours. Les assassins, qui presque tous se convertirent avant leur supplice, furent exécutés; les habitants de Witebsk perdirent leurs priviléges et furent déclarés attachés à la glèbe royale; les villes dans lesquelles on découvrit des instigateurs ou d'autres complices du meurtre du bienheureux Josaphat, virent fer-

[1] Voici comment de Salvandy, *Hist. de Pologne*, t. I, p. 94, parle de ces événements : « La Diète, inspirée par Sigismond, inventa de prendre les moments de relâche que lui laissait l'hiver (de 1620) pour inquiéter, par des menaces de réunion, le schisme grec, croyance héréditaire d'une moitié des peuples. De là les émeutes, les sacriléges, les pillages, les destructions d'églises, les incendies. La Lithuanie et la Russie, sa vaste dépendance, furent accusées d'incliner vers la domination moscovite; on préluda par des meurtres à de nouvelles guerres civiles; un évêque tomba égorgé dans le temple et se vengea par des miracles. Le poignard menaça même Sigismond, qui ne reçut qu'une légère blessure. L'assassin fut conduit à un théâtre dressé dans la plaine pour son supplice; il y fut traîné avec des tenailles brûlantes; une fourche de fer cloua sa main droite sur un bûcher où le feu la consuma. Le fer trancha les lambeaux que le feu ne put dévorer, et la main gauche coupée à son tour, le patient obtint enfin la grâce d'être livré aux bourreaux qui l'écartelèrent... On devine que l'assassin était schismatique.» Ne disons rien des inexactitudes dont fourmille ce récit; mais remarquons l'incroyable partialité de l'auteur, jetant le ridicule sur un saint martyr et s'apitoyant sur le supplice d'un régicide. C'est ainsi que, dans presque tout son livre, M. de Salvandy est l'avocat des mauvaises causes.

mer leurs temples schismatiques, et Léon Sapieha, chancelier de Lithuanie, tint tête avec une fermeté admirable, à tous les efforts des dissidents.

Cette conduite courageuse porta ses fruits. En 1629, les schismatiques parlèrent eux-mêmes de rentrer dans le giron de l'Église. Une conférence fut indiquée à Lemberg pour le 28 octobre de la même année; mais, à la grande surprise des commissaires royaux et des ruthènes-unis, les schismatiques n'y comparurent point. Toutefois, la défection se faisait partout dans leurs rangs.

Sigismond mourut en 1632 et Wladislas, son fils aîné, lui succéda. Le nouveau roi crut devoir suivre une autre politique. Il porta un édit ordonnant aux ruthènes-unis de rendre les églises aux schismatiques; il appela ceux-ci au sénat et leur permit d'établir à Kiev un archevêque dissident à côté de l'archevêque catholique. Il croyait s'attacher ainsi davantage les Cosaques Saporohi ou Zaporogues, et préparer les voies à une nouvelle union. Un synode même avait été convoqué à Varsovie pour la fin de mai 1648. La mort du roi, arrivée le 20 de ce mois, interrompit ces mesures. Du reste, elles n'auraient été suivies d'aucun résultat heureux. Déjà le 15 mai (d'après d'autres le 15 avril), la guerre des Cosaques avait commencé par la défaite du jeune Potocki, et cette guerre se changea bientôt en un combat acharné contre l'Église du Christ. Nous parlerons plus loin de cette guerre; pour le moment, il faut revenir au P. Bobola.

VI.

Quelques détails sur une partie des travaux apostoliques du bienheureux André Bobola.

Nous venons de voir quels étaient les ennemis à combattre, leurs dispositions et les terribles circonstances au milieu desquelles il fallait entrer en lutte avec eux.

Le district de Pinsk paraît avoir été le premier champ de bataille du P. Bobola ; du moins il y exerça longtemps son zèle. Tout était schismatique dans cette contrée; un géographe protestant contemporain signale, comme une singularité remarquable, un collége de Jésuites au milieu d'une ville et d'un pays tout schismatiques.

Une telle position n'étonna point le zèle du P. Bobola. Dans l'église de bois attachée au collége, le saint missionnaire montait en chaire aux jours désignés par ses supérieurs et expliquait aux auditeurs, que la curiosité ou la grâce lui amenait, la doctrine catholique. Il ne se contentait point d'attendre les schismatiques, il allait les trouver lui-même. Tout le district devait se ressentir de la présence de cet homme de Dieu.

Mais écoutons les témoins qui, en grand nombre, parlent de ses travaux dans cette contrée. Le P. Bobola, disent-ils, demeurait au collége de Pinsk, d'où il faisait ses excursions à plusieurs lieues à la ronde. C'était une méthode plus laborieuse, mais accompagnée de moins de dangers.

L'expérience en avait été faite dans les Indes: le P. A Costa, dans son admirable livre sur la conversion des Indiens, n'avait pas craint d'écrire, vers la fin du XVIe siècle, que plusieurs Ordres religieux s'étaient perdus en Amérique par l'isolement de leurs membres et leur trop grande indépendance des supérieurs réguliers.

Le P. Bobola, comme disent encore les témoins, sortait du collége de très-bonne heure, accompagné d'un laïque, qui lui tenait lieu de servant de messe. Il se rendait à quelque village distant souvent de plusieurs lieues, y disait la messe avec la permission du curé soit latin, soit ruthène, faisait le catéchisme, administrait les sacrements, prêchait avec beaucoup de sentiment et d'onction, pénétrait dans les maisons des paysans, exhortant les catholiques à la constance et à une vie chrétienne; les schismatiques, à reconnaître l'Église catholique comme la seule vraie maison de Dieu ; tous, à aimer et à servir fidèlement leur créateur.

En chaire, il paraissait plein de l'amour de Dieu; mais il se surpassait dans le catéchisme, un des ministères propres et des plus importants de la Compagnie de Jésus. Les témoins s'appesantissent sur la manière dont il s'acquittait de cette fonction fructueuse, et un prêtre dit expressément : « Avant tout, il excellait à faire le catéchisme aux enfants, et à expliquer les éléments de la foi aux personnes les plus grossières. »

Les ravages que son zèle faisait dans les champs du schisme, du vice et de l'ignorance, ne pouvaient manquer de lui attirer toutes les sympathies des catholiques, la haine et l'aversion des partisans de la désunion. Aussi, les témoins constatent l'amour et la vénération dont les catholiques l'entouraient, les outrages et les opprobres auxquels il était en butte de la part des schismatiques. « Ces derniers, dit un prêtre de la paroisse de Ianow, lui donnaient le nom méprisant de *Duszochwat*, signifiant *ravisseur des âmes.* » Rien de plus injurieux. Pour le comprendre, il suffit de savoir que trente ans auparavant le même surnom avait été donné au bienheureux Josaphat, et que les schismatiques l'avaient écrit au bas d'une peinture grossière, représentant le saint martyr de Witebsk sous les traits d'un démon, armé d'un croc et tirant les âmes en enfer. Mais le bienheureux Bobola regardait comme un titre de gloire un nom si ignominieux en lui-même, et il répondait, sans doute, à ceux qui le faisaient retentir à ses oreilles ces belles paroles de l'archevêque Josaphat : « Plût à Dieu que je pusse ravir vos âmes et les conduire en paradis ! »

Le même témoin ajoute que les enfants, non contents d'apostropher le P. Bobola dans des termes si remplis de haine et de mépris, venaient encore aux voies de fait : « Quand le saint martyr, dit-il, partait ou faisait le catéchisme dans les églises grecques ou latines, ou en plein air au milieu des villages, les enfants des schismatiques lui jetaient de la boue. »

Il paraît que ce fut surtout à Ianow, qu'il devait illustrer plus tard par son martyre, que ces opprobres et ces mauvais traitements lui échurent en partage.

Un grand nombre de témoins attestent que ce lieu fut un des principaux théâtres de son zèle. Lorsqu'il commença ses missions dans cette petite ville, tout le monde y était schismatique, sauf deux personnes. Mais bientôt tout changea de face. Le bienheureux ramena peu à peu les schismatiques au giron de l'Église, engagea des personnes charitables à y fonder une mission perpétuelle de la Compagnie de Jésus[1]; de plus, les témoins, sans le dire expressément, donnent à entendre qu'à la mort du saint martyr Ianow était en très-grande partie catholique.

La fureur des ennemis de l'union y était d'autant plus excitée contre lui. Nous verrons plus loin à quel excès les porta cette fureur.

VII.

Données générales sur les travaux apostoliques du bienheureux André Bobola.

Si nous avons ces détails sur les travaux et les souffrances du bienheureux Bobola à Ianow, c'est que ce fut le lieu de son martyre, et que les témoins assignés pour déposer sur ce dernier acte de courage héroïque, ne pouvaient rien taire de ce qu'ils avaient admiré dans le serviteur de Dieu. Mais il est indubitable que, si des témoins eussent été appelés des autres lieux, où le zèle, la

[1] Charles Kopek, seigneur héréditaire de Ianow, chatelain de Troez et après Palatin de Polock, pleura amèrement la mort du P. Bobola. Il est appelé par un témoin le *fondateur de l'église de Ianow*. Il est à croire que le bienheureux l'avait ramené du schisme dans le giron de l'Église.

charité et l'obéissance poussèrent le saint missionnaire, nous aurions des dépositions analogues.

Quoi qu'il en soit, le bref de béatification parle ainsi des travaux apostoliques du bienheureux : «Il exerça les fonctions de missionnaire, d'abord à Vilna[1], ensuite à Bobrouïsk, et s'employa dans ce ministère avec tant d'ardeur et de zèle, que ni la grandeur des travaux, ni l'adversité des temps, ni les menaces des ennemis, ni enfin les ravages d'une maladie pestilentielle, qui dévasta ces contrées pendant trois ans, ne purent diminuer son courage. Il raffermissait les uns dans la perfection chrétienne ; il ramenait les autres à la vraie religion et à la pratique de la vertu ; et le peuple témoin de ses efforts, l'appelait communément le *chasseur des âmes*[2]. Les plus grands malheurs accablèrent alors ces pays : des peuples, autant dépouillés de tout sentiment d'humanité que du bienfait de la vraie religion, envahirent la Pologne. Transportés de haine contre la foi catholique, ils vexaient, pillaient

[1] N'est-ce point *Pinsk* qu'il faut lire, et non *Vilna?* Notre doute se base sur tout ce que nous avons raconté jusqu'ici. De plus, dans l'Abrégé de la vie, publié par la *Civiltà Cattolica* de Rome, il est parlé de Pinsk et non de Vilna.

[2] Il s'agit du nom injurieux de *Duszochwat*. Nous en avons assez parlé plus haut.

les vrais fidèles, mais surtout les prêtres ; ils les faisaient prisonniers, puis les menaient en servitude ou à la mort. André travaillait alors, en zélé missionnaire, dans la Lithuanie. Cette nouvelle, loin de lui inspirer de la crainte, le remplit d'une grande joie. Il y voyait l'occasion de sceller de son sang la foi catholique. Il s'était préparé, de longue main, à cette victoire par l'exercice de plusieurs vertus : par le soin de raffermir la foi en lui-même et de l'augmenter et de la propager dans les autres; par une grande charité qui le portait à désirer de donner sa vie pour ses ouailles, à l'exemple du divin Maître ; par une ferme confiance de parvenir au bonheur du ciel par la voie du martyre ; par une prière continuelle, qui le tenait sans cesse absorbé en Dieu ; par une admirable innocence de mœurs et un grand mépris de lui-même et de ses propres œuvres ; et enfin par une tendre dévotion à la très-sainte Vierge, qui l'aidait à conserver et à faire accroître en son cœur toutes ses autres vertus. » Tel était le saint missionnaire selon le témoignage du pontife romain ; il se préparait aux douleurs du martyre par les travaux de la vie apostolique. Ces travaux étaient eux-mêmes un martyre prolongé, un sacrifice de tous les jours. L'esprit de Dieu rendait cette existence supportable ; et à tous les motifs, qui communément ne permettent point aux hommes apostoliques de s'épargner en aucune manière, venait se joindre pour le P. Bobola l'exemple de beaucoup de ses confrères, et, par suite, une sainte émulation.

Le P. Jean Lukaszewicz, dans sa déposition jurée, nous montre toute cette troupe d'élite aux prises avec le schisme et l'entamant de vingt manières à la fois. Il parle d'abord de l'étendue des ravages dans le champ du Seigneur : « Dans toute la Russie, dit-il, c'est-à-dire dans la Russie Blanche, la Russie Noire et la Petite Russie, il n'y avait que fort peu de catholiques. Tout le peuple, les nobles, les seigneurs, les grands et les sénateurs étaient généralement schismatiques grecs. Pour ramener tout ce monde à l'unité, les Pères de la Compagnie de Jésus s'employèrent avec le plus grand zèle. Ils eurent recours aux missions, aux sermons, aux catéchismes, aux disputes, aux conversations ; tantôt en public, tantôt en particulier, ils faisaient toucher du doigt les erreurs des grecs schismatiques. »

Le P. Bobola faisait partie de ce corps d'avant-poste, dont les soldats s'excitaient mutuellement à mourir plutôt que de renoncer à combattre. La mort entrait donc dans leurs prévisions : une guerre affreuse vint les réaliser pour plusieurs d'entre eux; de leur nombre était le P. Bobola.

VIII.

Origine et progrès de la guerre qui donna occasion au martyre du bienheureux Bobola.

L'origine de la guerre, pendant laquelle le bienheureux Bobola fut martyrisé, parait avoir été entièrement politique. Mais bientôt elle changea de caractère. C'est ce qu'il nous reste à exposer.

La Pologne était alors en possession du territoire, aussi fertile qu'immense, partagé en deux moitiés égales par le Borysthène ou Dnieper et connu sous le nom de l'Ukraine. Les habitants de cette vaste contrée, appelés, de temps immémorial, les Cosaques, étaient un peuple des plus singuliers. Issu de toutes les races qui envahirent ces contrées, mêlé principalement de Bosniaques et de Tartares, grossi de tous les serfs fugitifs, de tous les gentilshommes proscrits ou mal famés des états d'alentour, recruté même d'aventuriers allemands, espagnols, français, il formait sous le joug des seigneurs polonais, qui possédaient les fermes, et sous la suzeraineté de la couronne, qui possédait les villes fortes une république de laboureurs grossiers et de pâtres ignorants.

Le roi Étienne Batori, ne consultant que l'utilité du moment, leva parmi eux, en 1576, un corps de six cents hommes, qui, pour prix de leur service militaire, reçurent la liberté et des terres en propre. Ce changement d'existence plût à la nation, et le nombre de ces soldats laboureurs monta bientôt à six mille. A leur tête se trouvaient un chef et un notaire de leur choix, qui juraient obéissance au roi. Étienne Batori leur donna même la ville de Tretchimirow en Kiovie. C'était autant qu'une place de sûreté.

On les employa contre les Turcs et les Tartares avec un succès aussi heureux dans ses conséquences que terrible dans les moyens; ce qui fut cause qu'on ne tarda point d'organiser une grande partie du pays en colonies militaires.

Mais on ne donna point impunément des armes à ces hordes barbares; dès 1587 il y eût des révoltes, qui, quoique comprimées, apprirent aux Cosaques à se compter en face de leurs maîtres.

Et comment pouvait-il en être autrement? Les mêmes hommes étaient libres à la guerre; et de retour dans leurs foyers ils tombaient sous la tyrannie brutale et avaricieuse des intendants juifs, que les nobles polonais préposaient à l'administration de leurs terres.

Une étincelle suffisait pour faire éclater l'incendie. En 1648, une injustice commise à l'égard de Bogdan Chmielnicki, ancien notaire de la nation, fut cause de ce désastre. On eut la maladresse de répondre par d'indignes traitements à une demande, insultante dans la forme, de réparation de torts véritables. Aussitôt Bogdan, un roseau à la main, appelle aux armes les hordes campées sur la Borysthène; il reçoit sous ses drapeaux les Tartares de Bessarabie et de Crimée, les sociniens de Pologne, les schismatiques de Lithuanie; il triomphe en trois rencontres et s'avance à travers le palatinat jusqu'au cœur de la Pologne.

Dans cette marche victorieuse, Bogdan se voit partout soutenu et bien accueilli par les schismatiques; il se déclare leur protecteur; l'invasion, commencée pour un moulin ou une maison, devient une épouvantable guerre religieuse.

Le biographe de Sobieski n'est que l'écho de tous les historiens contemporains, lorsqu'il nous réprésente cette coalition de musulmans, de sociniens, de grecs, presque tous incultes et féroces, renversant les temples catholiques, incendiant les monastères, massacrant les prêtres romains, les religieux, les religieuses, après des outrages incroyables. Malheur au corps entier de la noblesse! Les hommes étaient taillés en pièces sans pitié, et les femmes, les filles chassées à coup de fouet devant les escadrons, jusqu'à ce qu'elles expirassent dans les plaies, la fatigue, le désespoir, la honte. Les barbares fouillaient les sépulcres des grandes maisons pour supplicier les morts quand il n'y avait plus des vivants à tuer. Avant tout les Jésuites, qui avaient arraché au schisme des milliers de Ruthènes et même de Cosaques, et les juifs, dont la dureté avait provoqué les premières plaintes, furent l'objet de la fureur et de la barbarie de ces hommes de sang. Pour comble de malheur, la Pologne était sans maître depuis six mois.

Enfin Jean Casimir Wasa est appelé par la noblesse à succéder à son frère Wladislas. Ce prince, tant calomnié [1], avait eu, en 1635, le noble désintéressement de rompre lui-même

[1] Les écrivains appartenant au parti de ces nobles, qui se firent un jeu de la ruine de leur patrie, ont chargé ce prince des traits les plus odieux. M. de Salvandy ne s'est pas fait faute de les ramasser et de les présenter au lecteur comme des vérités incontestables. Mais comment accorder ces portraits à la suétone avec l'éloge par lequel le biographe de Sobieski ouvre le règne de Jean Casimir : « Ce prince, écrit-il, était en quelque sorte trop juste, trop honnête homme pour son siècle et pour son pays. » Aussi les protestants anglais, auteurs de la grande Histoire Universelle, peu suspects quand il s'agit d'un souverain de la trempe de Casimir, se déclarent avec énergie « en faveur d'un prince méconnu et et diffamé par tous les historiens, qui semblent s'être copiés les uns après les autres, sans avoir donné la moindre attention aux circonstances et aux particularités de la conduite de Casimir. »

toutes les intrigues ourdies par sa propre mère pour l'élever sur le trône de Pologne à l'exclusion de Waldislas son aîné. En 1645, après un pélérinage à Notre-Dame de Lorette, il avait exécuté un dessein qu'il nourrissait depuis longtemps; Il avait enseveli toutes ses espérances au noviciat des Jésuites de Rome [1]. Appelé au cardinalat en 1647, il s'était vu obligé le 6 juillet 1648, de résigner les insignes cardinalices entre les mains du pape. Son frère venait de mourir et l'on crut à Rome que l'intérêt de la

[1] Cette nouvelle fut un coup de foudre pour son frère Wladislas. Pour l'engager à revenir, il lui réprésenta qu'il était sans enfants; qu'à sa mort les droits à la couronne de Suède passeraient à lui; qu'il n'y avait pas lieu de désespérer de les faire valoir un jour et de faire rentrer le pays en même temps sous l'obéissance de l'Église et sous le sceptre de sa famille. Casimir répondit que sa résolution était inébranlable, qu'il avait beaucoup réfléchi sur ces droits au trône de Suède et qu'il était persuadé plus que jamais que l'espoir de les faire prévaloir était chimérique. Deux cardinaux des plus influents à Rome livrèrent également bataille à sa constance. Ce fut peine inutile. Il insista pour être élevé aux ordres majeurs et couper court de cette manière à toute nouvelle tentative. On y mit obstacle au dernier moment. Ce coup ne l'ébranla point; et pour l'arracher, en 1647, à la retraite du cloître, il fallut un ordre du pape Innocent X, qui l'appelait au cardinalat. Nous tirons ces détails de trois lettres de Jean Casimir lui-même. Conçoit-on après cela que de Feller lui-même taxe ce prince d'*inconstance*? Telle a été à son égard l'injustice de l'histoire, que ses vertus y sont devenues des vices.

religion exigeait de lui d'aller demander à ses compatriotes la couronne de Pologne, qui devait, prétendait-on, le mettre en état de revendiquer celle de la Suède.

Il monte sur le trône dans les circonstances les plus critiques; déjà se dresse devant lui la noblesse, qui doit le harceler jusqu'au moment où déposant la couronne, il prédit à ses sujets, en termes formels le partage et tous les malheurs de la patrie [1].

C'est par la réparation des injustices que Casimir veut finir la guerre des Cosaques. Un parti puissant veut l'éteindre dans le sang. Casimir ouvre des négociations; déjà Bogdan a appliqué ses lèvres respectueuses sur la lettre royale et fait lever le siège de Zamoysce. C'est le moment que saisissent les confédérés pour assasiner et massacrer les Cosaques. La guerre recommence plus furieuse que jamais, et de défaite en défaite les Polonais sont conduits à implorer la paix. (16 août 1649).

Les conditions de la paix furent tristes : l'expulsion des juifs, toutes les fonctions militaires et civiles de la Russie et de l'Ukraine confiées à des schismatiques, des places de sûreté, une

[1] Sobieski lui-même, fatigué de cette opposition incessante de la noblesse, eut le dessein d'abdiquer : que ne lui en fait-on un crime comme à Jean Casimir?

armée permanente de 40,000 hommes laissée aux Cosaques : telles furent les concessions qu'il fallut faire à Bogdan. A ce prix il vint au camp des Polonais fléchir le genou devant le roi, demander le pardon de ses crimes et recevoir l'investiture de son autorité sur les Cosaques. Ainsi furent rétablis la paix, l'ordre, le pouvoir légitime, et les Jésuites autorisés de part et d'autre de recommencer leurs missions dans les terres de Chmielnicki.

Mais celui-ci ne sut plus se faire à sa nouvelle position : musulman avec les Turcs, païen avec les Tartares, schismatique avec les Moscovites, et les autres slaves, il traitait avec eux tous et savait faire de sa cause leur cause commune. De leur côté, un parti de nobles Polonais se faisait gloire d'enfreindre la paix de Zborow, qu'ils appelaient une honte. Cette tension ne pouvait durer et la guerre éclata au printemps de 1649.

Jean Casimir, qui, comme plus tard le grand Sobieski, combattait autant avec l'arme de la prière qu'avec l'épée, remporta d'abord une victoire éclatante. Elle fut suivie de la paix.

Mais en 1652, le sang coule de nouveau; les années suivantes la Pologne a sur les bras, non-seulement ses anciens ennemis, mais Alexis, duc de Moscou, excité par son métropolitain, et Charles Gustave, blessé par les prétentions de

Casimir au trône de Suède, entrent sur les terres de Pologne, culbutent les armées et traitent les provinces en conquérants.

La noblesse, tiraillée par les partis, n'oppose plus de résistance : le nord s'est soumis au duc de Moscou ; le midi et l'ouest jusqu'à Varsovie et Cracovie ont ouvert leurs portes à Charles Gustave ; le protestant Janus Radziwill lui a livré l'armée de Lithuanie ; Jean Casimir, avec ce qu'il lui reste de troupes, s'est réfugié en Silésie ; plus rien ne demeure debout : le schisme et l'hérésie d'une part, la mort et l'incendie de l'autre, sont les tristes alternatives de ceux qui n'ont point pris la fuite. La Pologne pouvoit-elle tomber plus bas ? Cependant elle fut sauvée, et de Salvandy dira comment :

« Le monde, écrit-il, attentif aux conquêtes de l'héritier de Christine, était ébranlé de ses succès. L'empereur Ferdinand tremblait de ce contre-coup des victoires de Gustave-Adolphe. Le pape Alexandre VII voyait le seul royaume catholique du Nord échapper à ses lois ; le clergé d'Autriche, d'Allemagne, de Hongrie s'agita. Les Jésuites se mirent de toutes parts en campagne. Tandis que les curés, les moines, les religieuses de Pologne, obligés de fuir la persécution de l'insulte, couraient se rallier en Silésie autour de Casimir et de la pieuse reine Louise de Gonzague, les Jésuites occupaient les postes déserts, fulminant l'anathème contre les Polonais résignés à la protection d'un prince hérétique, lançant l'interdit sur les villages, les cités, les châteaux, les camps, et appelant aux armes, au nom de la religion en péril, la population des serfs que la noblesse tenait, depuis des siècles, désarmée. Par miracle, tout engourdies qu'elles fussent dans le servage, les masses s'agitèrent; elles se firent armes de tout, et coururent sus aux assaillants, aux ennemis de leur Dieu, partout où elles pouvaient les saisir. En ce moment, Charles-Gustave, maître de la république, eut tous ses quartiers tenus en état de siége par les vengeances d'une multitude furieuse. La foi sauvait cette république, que la liberté avait perdue. Le peuple délivrait du joug cette noblesse qui, depuis mille ans, n'avait su que le mépriser et l'asservir. »

A la vue de cette armée improvisée, Casimir quitte la Pologne; les nobles abandonnent les étendards du conquérant de leur patrie, le czar Alexis et Bogdan suspendent leurs coups, et l'année 1658 revoit Jean Casimir à Varsovie, mettant son royaume sous la protection de la bienheureuse vierge Marie.

Mais Charles-Gustave conçoit un nouveau plan ; il propose à ses voisins le partage de la Pologne ; et la scène change de nouveau. Lui, de son côté, il se hâte de combler les cadres de ses armées décimées ; à leur tête, il s'avance plein de résolution, et le 1er août, il rentre victorieux dans Varsovie. D'autre part, Georges Rakoçy, à la tête de ses Transylvains, des Moldaves et des Valaques, et Bogdan, suivi de ses Cosaques, arrêtent les 100,000 Tartares qui portent au roi Jean Casimir un secours inespéré.

La Pologne succombait de nouveau sous les coups de tant d'ennemis, lorsque le duc de Moscovie, inquiet des progrès de Charles-Gustave, et épiant depuis longtemps l'occasion de se rendre maître de quelques ports de la Baltique, fait attaquer de ce côté les Suédois. En même temps les Impériaux s'avancent vers le sud. Charles-Gustave est forcé d'évacuer la Pologne, Rakoçy, de se replier ; les Tartares l'écrasent ; le vieux Chmielnicki meurt frappé d'apoplexie, et au mois d'août 1657, la Pologne respire de nouveau. Trois mois auparavant, le bienheureux André Bobola avait achevé son martyre ; ce fut un épisode de cette guerre d'épouvantable mémoire.

IX.

Pinsk envahi : le bienheureux Bobola en fuite ; il est pris par les Cosaques.

Comme il a été dit plus haut, le P. Bobola était encore supérieur de la résidence de Bobrouïsk en 1651. Il nous est impossible d'établir avec certitude combien de temps il continua d'y habiter. Tout semble indiquer que ce fut jusqu'à la dernière invasion. S'il en est ainsi, le bienheureux ne s'enfuit pas devant les Cosaques, qui venaient cette fois par le sud, mais devant les Suédois, qui occupaient la Lithuanie.

Grâce à ses marais, formés par le Pripetz et ses affluents, le district de Pinsk avait échappé jusqu'alors aux dévastations du schisme et de l'hérésie : le P. Jean Lukaszewicz nous l'a appris. Cette circonstance favorable fut cause que Bobola, s'enfuyant de Bobrouïsk, se réfugia au collége de Pinsk avec plusieurs autres Pères, qui ne pouvaient, comme lui, tenir plus longtemps ailleurs.

Le missionnaire se retrouvait ainsi sur le théâtre de ses anciens travaux. Il utilisa son temps à visiter et à encourager ses ouailles d'autrefois.

Mais bientôt Pinsk même n'est plus un lieu sûr. Une armée 2,000 Cosaques, de Valaques et de Hongrois[1], sous la conduite du Cosaque Antoine Zielenicki, aussi nommé Altona et Poperike [2], débouche par Brzesc-Litewski[3] et envahit toute la Podlachie. Les schismatiques de Pinsk lui ouvrent la ville, et Jean Lichoho, ou Lichy, y est établi résidant ou gouverneur.

A leur approche, les catholiques s'étaient cachés ou avaient pris la fuite. Les Pères du collége savaient le sort qui les attendait, s'ils venaient à tomber entre les mains de cette horde de forcenés : ils se disséminent dans les environs; mais des pelotons de Cosaques partent dans les diverses directions; et conduits par les renseignements des schismatiques, découvrent plusieurs des malheureux fugitifs. Aucun d'eux n'échappa à la mort. Le P. Jean Lukaszewicz, alors scolastique à Pinsk, nomme quelques-unes de ces nobles victimes, compagnons de martyre du P. Bobola. « Je sais, dit-il dans sa déposition

[1] Des témoins font cette énumération.

[2] Dans une Notice, dont nous parlerons souvent, il est dit : *Les Cosaques de Papériko et de Zieleniske*; nous regrettons de ne pouvoir appuyer ce dédoublement par la déposition d'aucun témoin.

[3] Vulgairement *Breste-Litow*, sur le Boug, affluent de la Vistule, au sud-ouest de Pinsk.

juridique, que plusieurs des Pères et Frères que je connaissais fort bien, ont été pris en différents temps et en divers lieux; aucun n'a été relâché; tous ont été cruellement massacrés. Le P. Simon Maffon, issu d'une famille noble de Lithuanie, fut de nombre. Il avait une dévotion spéciale à la très-sainte Vierge; dans ses sermons et dans ses écrits, il l'appelait communément, avec un grand sentiment de tendresse, *sa dame* et *sa mère*. Il s'était enfui de Pinsk; et en route, il administrait les sacrements dans l'église paroissiale de Horodek[1], quand les Cosaques arrivèrent à l'improviste, se saisirent de lui, le conduisirent dans une maison, le dépouillèrent de ses vêtements, le mirent sur un banc, auquel ils le clouèrent par les mains, les pieds et le bas-ventre, puis le tirèrent à la tête avec des cordes jusqu'à faire sortir les yeux de leurs orbites, lui arrachèrent la peau de la poitrine et du dos, lui passèrent des torches allumées par tout le corps et finirent par lui couper la gorge[2]. Le sacris-

[1] Dans le procès il y a *in oppido Horodko. Horodek*, en russe *Gorodok*, situé dans le gouvernement de Witebsk.

[2] Le martyre du P. Maffon paraît avoir eu autant d'éclat que celui du P. Bobola. Le général de l'Ordre commanda au P. Schenoff, Provincial de Lithuanie, de prendre des informations exactes sur la mort de ces deux Pères. Le P. Lukas-

tain de notre collége de Pinsk avait pris des habits séculiers; il fut cependant reconnu à Iourhoush [2] et on l'y tua. Mon professeur de rhétorique, le P. Eustache Pilinski, dans sa fuite du collége de Pinsk, tomba également dans les mains des Cosaques; ils le mirent à mort dans le collége de Nieswiez. Les PP. Adam Wiechowicz et Jean Staniszewski, ainsi que le P. Jean Butkiewicz, furent de même cruellement massacrés; d'autres eurent le même sort ailleurs. » On en compta quarante en tout.

Le P. Bobola avait pris la fuite comme les autres. Il s'était rendu à Ianow [2]; il espérait sans doute d'y rendre sa retraite utile à un peu-

zewicz ajoute à son témoignage la manière dont il a connu les circonstances de la mort du P. Maffon : « Je les ai apprises, dit-il, dans le temps même, de la bouche de témoins oculaires; et après je les ai entendu raconter par le P. Schenoff, alors Provincial, qui avait recueilli des détails exacts et précis. »

[1] Il y a en latin : *Jurhouski*. Je ne trouve point la position de ce lieu. L'orthographe est-elle en règle?

[2] Des cartes détaillées et qui passent pour exactes placent Ianow à douze lieues flamandes au moins de Pinsk : dans une pièce produite au procès et extraite des archives de la province de Lithuanie, on lit : *Ianoviam usque, quinque milliaribus distantem Pinsko.* Les milles polonais sont aux lieues flamandes comme 5 est à 3. Peut-on supposer que des personnes établies sur les lieux, se soient trompées d'un tiers? Les cartes ne sont elles pas plutôt en défaut?

ple qu'il avait si longtemps évangélisé, et comptait peut-être aussi pouvoir mieux se dérober aux poursuites ennemies dans des lieux qu'il avait croisés dans tous les sens. Mais le contraire arriva.

Une brigade de Cosaques[1], partie de Pinsk sous la conduite de deux officiers, prit la direction de Ianow. Ils y furent accueillis avec faveur par les schismatiques, qui leur désignèrent les catholiques et les juifs de la ville. Aussitôt le massacre commence : plusieurs catholiques, pour avoir abandonné le schisme, et des juifs, pour appartenir à la même nation que les agents des nobles polonais, tombent as-

[1] Tous les témoins les appellent des *Cosaques*. C'étaient des barbares de la bande de Chmielnicki, c'est-à-dire des Cosaques *Saporogues*, ou venant des cataractes du Borysthène, comme il a été dit. Il peut se faire qu'il s'y fût mêlé des Hongrois et des Valaques ; mais certainement ce n'étaient point des Moscovites ou des Russes de la grande Russie. Ce sont même les Moscovites qui, par une heureuse diversion, sauverent la Pologne en 1657. Cependant des écrivains, qui font du P. Bobola *un martyr de la nationalité polonaise*, croient devoir nommer les meurtriers *des Russes*. Mais ils n'étaient et ne sont Russes qu'au même titre que les Polonais, dont ils étaient des sujets révoltés. Qu'on ne dise pas qu'ils étaient schismatiques comme les Russes ; alors il faudrait avant tout rendre les patriarches de Constantinople responsables du massacre du P. Bobola. Mais pourquoi faire des saints ou de la religion un moyen politique, et subordonner ainsi les choses les plus sacrées aux intérêts profanes du siècle?

sommés sous les coups des Cosaques, vengeant par le meurtre le schisme déserté et leur nation trop longtemps méconnue.

Selon la déposition de deux témoins [1], il était midi passé lorsque les Cosaques avaient paru au milieu de Ianow. C'était le 16 mai, veille de la fête de l'Ascension pour l'église ruthène [2]. Le Père était allé ce jour-là à Perezdyle, petite paroisse voisine ; il avait employé la matinée à préparer les fidèles à la célébration de la fête de l'Ascension. Les témoins parlent de catéchisme, de sermon et de messe ; il faut y ajouter probablement l'administration du sacrement de Pénitence [3].

[1] Cependant un troisième témoin dit que le bienheureux fut pris vers midi ; prenons que ce fut vers midi et demi, et les trois dépositions concorderont.

[2] L'année 1657, d'après la correction du calendrier par Grégoire XIII, la lettre dominicale était G, Pâques tombait le 1er avril, et l'Ascension le 10 mai ; de sorte que le 16 mai c'était dans l'église latine, la veille de l'octave de l'Ascension. Mais dans l'église ruthène où l'ancien calendrier était encore suivi, la lettre dominicale était D, Pâques venait le 29 mars, c'est-à-dire le 8 avril nouveau style, et l'Ascension le 7 mai vieux style, et le 17 mai nouveau style. Ces détails chronologiques sont la clef des dépositions de plusieurs témoins.

[3] Il y a des témoins qui parlent comme si le bienheureux eût passé la matinée à Ianow, et se fût enfui vers Perezdyle, à l'approche des Cosaques. Mais des témoins en plus grand nombre et, à notre avis, plus exacts, racontent les faits comme nous les présentons.

Quoi qu'il en soit, le bienheureux était encore à l'église de Perezdyle et achevait le sacrifice non-sanglant, lorsque l'arrivée des Cosaques à Ianow avait déjà rempli cette ville de tumulte, de consternation et de sang. Des fuyards prennent la direction de Perezdyle et répandent sur leur route l'épouvantable nouvelle. Elle vient frapper les oreilles du serviteur de Dieu lorsqu'il fait son action de grâces après la messe. L'illusion lui est impossible : le danger le menaçait le premier. « Sa première pensée, dit une Notice que nous citerons souvent dans la suite [1], sa première pensée fut de les attendre de pied ferme. Depuis longtemps son sacrifice était fait, et rien ne pouvait lui être agréable que de trouver l'occasion de donner sa vie pour Jésus-Christ. Mais les fidèles le décidèrent enfin à monter en voiture et ils espéraient le sauver. »

Dieu en disposa autrement. Ce moyen mal imaginé de salut fut cause de la mort du Père. Les schismatiques de Ianow savaient que le Père

[1] Cette notice, écrite d'abord en polonais, a été insérée dans des journaux français. Elle s'accorde assez avec l'abrégé de la vie du bienheureux Bobola, inséré dans la *Civiltà cattolica*. Nous croyons cependant devoir nous en éloigner souvent. Les dépositions des témoins nous semblent une source historique plus certaine. Du reste, la divergence dans le récit ne porte point sur le fond.

était à Perezdyle; comme ils l'avouèrent eux-mêmes depuis à plusieurs témoins, la haine qu'ils portaient au bienheureux à cause des ravages qu'il avait faits dans les champs du schisme, leur avait suggéré le dessein de le dénoncer aux Cosaques.

A l'instant quatre [1] de ces barbares abandonnent les victimes qu'ils étaient occupés à assommer; car avant tout ce sont les prêtres et les religieux qu'ils veulent immoler à leur vengeance. Ils s'étaient fait suivre par un ouvrier de Ianow, appelé Jacques Cyetwerynka [2], qu'ils avaient chargé de foin pour leurs chevaux. Cet homme resta à leur service jusqu'à la fin du martyre; il dut à cette circonstance d'être témoin de toutes les tortures du P. Bobola. Cyetwerynka déposa quand il était âgé de plus de cent ans.

Par une disposition de la divine Providence,

[1] La notice polonaise dit *trois*; mais un grand nombre de témoins parlent comme s'il y en avait eu *quatre* au moins. De plus dans la boucherie, dont il sera fait mention plus loin, il y avait *quatre* Cosaques, comme le dit un témoin expressément.

[2] Ce nom paraît être son nom véritable. Dans les actes il est aussi appelé Jacques *Olenyk*, ou Jacques *Jakus*, *Jachuskz* et Jacques *l'Huilier*. Il est peut-être le même qu'un certain *Utnik*, aussi nommé dans la procédure.

qui conduit toutes choses pour le bien de ses élus et la gloire de son Église, il arriva que le départ des Cosaques de Ianow et la fuite du P. Bobola de Perezdyle coïncidèrent assez pour que les barbares atteignissent la voiture du bienheureux près de Mohilno [1], château ou métairie située à un demi-mille [2] de Ianow et appartenant au seigneur Przyszychochi.

Quand le cocher, Jean Domanowski[3], se vit entouré par les Cosaques, il fut saisi de terreur, laissa tomber les rênes et s'enfuit dans la forêt voisine, tandis que André, descendant de voiture, se laissa prendre en disant : « Que la volonté de Dieu soit faite [4]. »

[1] *Mohilno* ou *Mohilna*, est appelé dans les actes, tantôt *pagus*, tantôt *villa*, et même *aula*.

[2] Il y a des témoins qui disent *un quart de mille*. Nous avons déjà dit que le mille polonais est presque le double de la lieue flamande. Cinq milles italiens font un mille polonais et trois milles italiens une lieue flamande.

[3] Il entra plus tard dans la Compagnie en qualité de frère coadjuteur.

[4] La Notice déjà citée dit qu'*il se mit à genoux*. Nous regrettons de ne point trouver ce détail dans les dépositions des témoins.

X.

Premières tortures. Le bienheureux est conduit à Janow. Nouvelles tortures.

Les Cosaques essayèrent d'abord, par plusieurs moyens, mais avec beaucoup de bienveillance, de gagner le P. Bobola à leur schisme [1]. Mais il résista courageusement à leurs efforts. Alors, voyant que toutes leurs tentatives étaient vaines, ils le dépouillèrent complétement de ses habits et le conduisirent à une haie voisine. Là ils le lièrent à un arbre ou à un pieu et le flagellèrent cruellement. En ce moment plusieurs la-

[1] Le vingt-cinquième témoin entendu dans les enquêtes faites par autorité apostolique à Vilna et ailleurs, parle ainsi :

« Captus fuit servus Dei a cosacis in aula Mohilnensi, exercens missionem. Isti senes Dryc et Utnik mihi narrabant, qui fuerunt tunc præsentes et bene noverunt servum Dei... *In primis benevolis modis tentabant servum Dei inducere ad schisma;* postea videntes illum perseverantem in fide sancta, cogebant, detractis illius vestibus, flagris cædebant, etc. »

La notice dit : « Cependant les Cosaques l'avaient entouré; comme un souhait de bienvenue, ils déchargent sur ses épaules deux grands coups de sabre, tandis qu'il les conjurait d'épargner son compagnon. » Les témoins disent que ces coups de sabre furent donnés plus tard

boureurs travaillaient dans les champs; le bruit des coups et la vue du sang les frappèrent d'épouvante et ils prirent la fuite.

La flagellation ne produisit pas plus d'effet que la persuasion tentée d'abord. Les Cosaques eurent donc recours à une autre forme de torture, mais si horrible qu'elle ne semble pas même avoir jamais fait partie de cette variété de supplices dont on se servait autrefois pour obtenir l'aveu des coupables. Ils coupèrent des branches de chêne et d'autres arbres, encore tendres et flexibles, les appliquèrent au front du courageux athlète en forme de couronne, et tordant fortement les bouts, serrèrent sa tête bienheureuse comme dans un étau. Notre divin Sauveur, après avoir été cruellement flagellé, avait eu la tête comprimée dans une couronne d'épines. A la vérité, les épines manquaient au supplice du P. Bobola, mais elles étaient remplacées par la torsion, que l'on faisait subir de temps en temps à la couronne, pour étreindre de nouveau les os du crâne, lorsque quelque relâchement se faisait remarquer. Ils prenaient garde seulement de ne pas produire de brisement d'os, afin de prolonger à volonté les souffrances du confesseur et d'épuiser à la longue sa constance. Plusieurs témoins parlent comme si le bienheureux eût encore subi ce martyre en entrant à Ianow et même lorsqu'il était étendu sur un banc dans la boucherie [1].

A ces douleurs les Cosaques en ajoutèrent d'autres; ils écorchèrent avec la dernière barbarie la partie supérieure des mains. Le sang ruisselait de toutes parts.

Ils détachèrent ensuite le bienheureux du tronc de l'arbre où il avait enduré toutes ces tortures, le lièrent d'une manière que la pudeur se refuse d'expliquer davantage, fixèrent les deux bouts de la corde aux selles de deux cavaliers, qui ne pouvaient avancer sans traîner derrière eux leur sainte victime; suivaient d'autres Cosaques, portant des haches, dont le fer se terminait d'un côté en marteau [2]. On se mit en route et l'on prit le pas de course. Mais la fatigue et l'épuisement ralentissaient nécessairement la marche du saint missionnaire; alors les Cosaques qui le suivaient lui assénaient des coups avec leurs haches, et c'est dans cette occasion que le bienheureux reçut au bras gau-

[1] La notice place ce tourment à Mohilno; l'abrégé de *la Civiltà*, dans la boucherie de Ianow. Il est probable que ce supplice a duré, mais avec des interruptions, depuis le commencement jusqu'à la fin du martyre.

[2] Cette forme de hache n'est point inconnue en Belgique; on s'en sert pour abattre les bestiaux.

che deux profondes blessures et une autre au bras droit [1].

Enfin le glorieux martyr, qui pouvait répéter après saint Ignace d'Antioche, qu'il combattait contre des bêtes et qu'il se trouvait au milieu de léopards, d'autant plus méchants qu'on leur fait plus de bien, fit son entrée dans les rues de Ianow : « Je l'ai vu, dit un témoin, quand les Cosaques l'amenèrent à Ianow ; ils lui avaient fait une couronne de branches de chêne vertes, dans laquelle ils serraient sa tête. A cette vue, moi et beaucoup d'autres, nous nous cachions et nous n'osions plus regarder que de loin. » Un autre dit : « Il était nu-pied, entièrement dépouillé de ses vêtements, et couvert du sang qui sortait de ses blessures. » Tous parlent dans le même sens de l'état hideux dans lequel se trouvait le glorieux martyr en entrant dans la ville.

Les Cosaques, restés à Ianow, ne surent d'abord ce qu'était cet homme, amené par leurs compagnons. Un signe leur apprit que c'était un prêtre latin; alors un chef s'approcha et cria

[1] Les témoins disent *dans les épaules* et *dans les bras*. Mais par *épaules* ils entendent évidement le *cubitus* du bras gauche ; dans l'autopsie, on ne constata point de blessure aux épaules proprement dites.

au saint confesseur : Es-tu prêtre latin [1] ?

« Cet homme, dit la Notice, s'appelait Assavoula. Son aspect était horrible. Le P. André n'en fut point intimidé ; aux accès de rage du Cosaque et aux éclats de sa colère, il n'opposait que le silence et la douceur de l'agneau. Il ne tarda point à élever sa voix et ce fut pour confesser publiquement la foi catholique, se déclarant prêt à verser pour elle jusqu'à la dernière goutte de son sang. Le persécuteur fit entendre les menaces les plus effroyables ; mais le bienheureux Père n'y répondait que par la prière ; en même temps il conjurait son bourreau d'abandonner l'hérésie et de rentrer dans le sein de la seule Église véritable, en confessant avec lui la foi catholique. »

C'est dans cette circonstance que le confes-

[1] On lit dans les actes du procès touchant le prêtre Daboyski, qui avait été témoin oculaire :

« Presbyter inspiciebat hoc, qualiter fuerat ductus Janoviam jam vulneratus, percussus. Datum erat signum aliis Cosacis schismaticis quia ductus est presbyter latinus ; appropinquavit Cosacus aliquis major et exclamavit contra sanctum martyrem ? Tunc es presbyter latinus ? Illico evaginato gladio, voluit illius caput dissecare. »

Nous croyons qu'il ne faut pas prendre à la lettre le mot *illico*, et qu'à la suite de la demande du Cosaque, il s'est établi un dialogue entre lui et le bienheureux.

seur de l'unité de l'Église doit avoir prononcé [1], avec un certain accent de joie, ces paroles, que deux assistants rapportèrent à un témoin : « Je suis prêtre catholique ; je suis né dans cette foi ; je veux mourir dans cette foi. » Et ces autres entendues en partie par Paul Hurinowicz, et en partie par d'autres témoins : « Ma foi, c'est la vraie foi ; c'est la bonne ; c'est celle qui conduit au salut... Je suis religieux, je ne puis renoncer à ma sainte foi... Vous, convertissez-vous plutôt ; faites pénitence, parce que vous ne vous sauverez point dans vos erreurs... Si vous conceviez du mépris pour vos erreurs schismatiques et embrassiez la même sainte foi que je professe, vous commenceriez à connaître Dieu [2] et vous sauveriez vos âmes. »

[1] Trois motif nous font placer ici ces paroles : 1° elles correspondent aux discours indirects que la Notice attribue en cet endroit au confesseur ; 2° la réponse : *Je suis prêtre catholique* suit naturellement la demande : *Es-tu prêtre latin ;* 3° ces paroles auraient été difficilement recueillies, si elles eussent été dites à la boucherie dont il sera fait mention plus loin.

[2] Il y a deux espèces de connaissance de Dieu ; une par la raison naturelle, et une autre par la foi surnaturelle. Ainsi lorsque le martyr dit implicitement que ses bourreaux ne connaissent point Dieu, c'est de la connaissance par la foi surnaturelle qu'il parle ; c'est autant que s'il disait : « Vous, schismatiques, vous niez que saint Pierre et ses successeurs

« Une proposition aussi inattendue, c'est l'auteur de la Notice qui parle de nouveau, fit bondir de rage le sauvage capitaine; il saisit son sabre, le fit tourner plusieurs fois en l'air et le déchargea de toutes ses forces sur la tête du martyr. Il l'eût certainement partagée en deux, si par un mouvement involontaire, André ne l'eût couverte d'une de ses deux mains. » Il dut en même temps retirer tout le corps par suite de l'horreur de la mort, innée dans l'homme et que notre Dieu voulut éprouver lui-même au Jardin des Olives. Ainsi le coup ne porta qu'à demi: il fit cependant une blessure dans les premières phalanges des doigts de la main droite, qu'il avait portée à sa tête; blessure constatée depuis sur le cadavre [1]. Le serviteur de Dieu, en re-

ont reçu, de Jésus-Christ, le droit de gouverner toute la sainte Église; vous avez donc perdu le don de la foi, que vous avez reçu dans le baptême: et n'ayant plus le don de la foi: vous ne connaissez pas Dieu d'une manière surnaturelle, mais renoncez au principe de votre schisme et la foi vous sera rendue et vous commencerez à connaître Dieu au moyen de la grâce, qui rendra votre connaissance de Dieu surnaturelle. »

[1] La Notice polonaise et l'abrégé de la vie inséré dans *la Civiltà*, disent que « la main fut détachée du bras. » Mais les rapports des experts, qui visitèrent le cadavre en 1730, disent tous les cinq que la blessure des doigts avait été faite d'*un coup de sabre:* d'autre part, la blessure que le bienheureux

cevant ce coup ne prononça pas une parole. Assavoula lui porta un second coup par derrière et l'atteignit si fortement au talon du pied gauche, qu'une grande veine fut coupée et l'os considérablement entamé. Ce second coup renversa le bienheureux par terre [1].

Il est probable que ce fut après avoir reçu ces nouvelles blessures que le bienheureux fit la profession de foi que nous a conservée le P. Jean Lukaszewicz : « Je crois, dit le confesseur de Jésus-Christ, et je confesse que comme il n'y a qu'un seul Dieu, il n'y a aussi qu'une seule vraie

reçut à l'extrémité carpienne du radius était au bras gauche, et non au bras droit. Or, la plupart des hommes se couvrent, dans les mouvements indélibérés, du bras droit, et non du bras gauche ; de plus, les experts disent de deux blessures qu'elles étaient faites avec le sabre ; ils ne le disent pas de la blessure du radius gauche. Nous tenons que celle-ci a été faite avec une hache avant d'arriver à Janow.

[1] Cette partie du martyre est tout autrement rapportée dans la Notice ; on y parle ainsi de l'effet du premier et du second coups : « Cette main fut presque détachée du bras, et le noble confesseur fut étendu sur la terre par la violence du coup. Le monstre se précipite aussitôt sur lui, et, d'un second coup de son sabre, il lui fendit une jambe. » Nous avons parlé de la blessure de la main. Le reste est également inexact. Les rapports des experts ne constatent aucune blessure à la jambe, mais uniquement au talon. Quant à la chute du serviteur de Dieu, le témoin, qui précise le mieux les circonstances, dit expressément que cette chute eut lieu après le second coup et que ce fut immédiatement après qu'un œil lui fut crevé.

Église et une seule vraie foi catholique, révélée par Jésus-Christ et prêchée par les apôtres; et à l'exemple des apôtres et de beaucoup de martyrs, je souffre et meurs volontiers pour elle. »

Le martyr prononçait toutes ces paroles avec une bonté, une mansuétude, dont les témoins parlent avec admiration. Pendant qu'il restait étendu sur la terre, un Cosaque enleva l'œil droit avec son glaive. Nous tenons encore ce fait de plusieurs témoins et l'état du corps le prouve. La Notice polonaise le rapporte ainsi : « Que faisait cependant le P. André? Calme et tranquille, on eut dit qu'un autre souffrait à sa place. » Et en effet les témoins disent qu'il ne faisait aucune résistance aux bourreaux, mais qu'il souffrait avec joie et avec patience. « Un Cosaque s'en aperçut; inquiet, furieux de voir cet œil doux et suppliant invoquer le secours d'en haut, et craignant qu'il ne fût exaucé [1], il s'approcha du confesseur et lui creva cet œil avec la pointe de son sabre. »

« Mais tout cela, continue l'auteur de la Notice, n'était qu'un prélude à la scène de son martyre. C'était un essai, un avant-goût des

[1] Nous ignorons comment l'auteur de la Notice est parvenu à connaître les sentiments intérieurs de cet homme

supplices qui lui étaient réservés, Dieu voulant glorifier son serviteur par un prodige de force et de constance tel que n'en a guère vu la sainte Église militante. Ce fut un glorieux combat que les anges du ciel durent contempler avec une joie ineffable, et que l'innombrable armée des martyrs dut encourager de ses acclamations et de ses applaudissements. »

XI.

Cruautés horribles exercées sur le bienheureux dans la boucherie de Ianow. Sa mort.

Non loin du chemin, au milieu de la place publique, il y avait un petit édifice, qui servait de boucherie publique. Il était vouté comme une cave; les regards pouvaient y plonger de divers côtés. Là les bourreaux devaient trouver une plus grande variété d'instruments de supplice. Ils résolurent donc d'y transporter le corps ensanglanté du Jésuite et d'y essayer, à leur aise, de faire du saint missionnaire un prosélyte de leur schisme. Il parait qu'ils l'y trainèrent par la jambe gauche et que les mouvements qu'ils imprimèrent au corps furent des plus brusques. Cette supposition expliquerait la dislocation du fémur gauche et de toutes les vertèbres du dos, dislocation constatée depuis sur le cadavre [1].

Le saint fut placé sur un banc ou table de boucher, pour subir dans son corps vivant les dissections, au moyen desquelles on dépeçoit en ce lieu les corps morts des animaux.

Les bourreaux étaient au nombre de quatre. Ils donnèrent leurs chevaux à garder à Jacques Cyetweryuka ; et, comme s'ils eussent eu le sentiment de leur cruauté, ils commencèrent par fermer la porte.

Mais Dieu, qui destinait à son serviteur une gloire éclatante, sut bien disposer les circonstances de manière à ce qu'il ne manquait pas des témoins de sa constance. Samuel Szalka, ruthène-uni, qui plus tard entra dans les saints Ordres et devint archiprêtre de Ianow, s'était réfugié avec une servante dans une tour voisine, d'où ils purent tout voir et beaucoup entendre [2]. Jac-

[1] L'apothicaire du collége de Pinsk, appelé en qualité d'expert pour faire l'autopsie du cadavre, attribue la dislocation du fémur au fréquent déplacement du corps après la découverte du tombeau, et la dislocation des vertèbres à l'enlèvement de la peau du dos. Cette double supposition paraît peu admissible.

[2] Nous croyons devoir donner toute la déposition de l'archiprêtre Szalka, telle que la recueillit son évêque dix ans avant les informations juridiques. « L'archi-

ques Cyctwerynka, balloté entre l'horreur et la curiosité, prenait tantôt la fuite, et tantôt montait sur un arbre pour contempler ce spectacle barbare. D'autres jeunes gens s'approchèrent de la boucherie, et, cachés derrière le mur, recueillirent quelques paroles du martyr et de ses bourreaux.

prêtre de Ianow, le très-révérend Samuel Szalka, du rit grec-uni, a déposé, devant moi, avec serment, qu'il avait été présent, lorsque le vénérable P. André Bobola, de la Compagnie de Jésus, tomba en haine de la foi, victime de la cruauté schismatique. Les Cosaques, qui sévissaient alors par tout le district de Pinsk, poussés par une fureur sauvage, lièrent le vénérable Père à une table, et commencèrent par l'effrayer, en le menaçant d'horribles tourments, s'il n'abjurait la foi catholique. Mais comme ils ne gagnaient rien par leurs menaces, ils lui taillèrent cruellement du dos quelques lambeaux de peau à laquelle restait attaché beaucoup de chair, lui coupèrent le nez et firent sauter à coups de poings les dents de sa bouche. Le vénérable martyr, invoquant les noms de Jésus et de Marie, protestait ouvertement qu'il souffrait avec joie tous ces tourments, par amour pour son Dieu crucifié. Les schismatiques lui disaient d'une manière insultante qu'il avait mérité tous ces supplices, parce qu'il était Jésuite, qu'il propageait la foi catholique et détruisait leur schisme. Ils lui brûlèrent cruellement les doigts et arrachèrent par le cou la langue, avec laquelle il professait sa foi au milieu des tourments. Cependant le Père remettait son âme entre les mains de son Dieu crucifié, le 16 mai 1657. Son vénérable corps, encore entier, repose dans l'église de Pinsk, où il est glorifié par beaucoup de miracles.

Fait à Pinsk, le 17 janvier 1711.

Ayons le courage d'être également témoins de cette scène barbare et de nous édifier à la vue de la force d'âme surnaturelle du saint confesseur.

Voilà donc les bourreaux autour de leur victime, se consultant sur les tortures par lesquelles ils pourront vaincre la constance du martyr. Ils se décident à le traiter vivant comme on traite un animal immonde après l'avoir tué. La première opération est de flamber les porcs ; ainsi ils appliquent sur les côtes et la poitrine du P. Bobola des torches de bois résineux et ils brûlent ces parties du corps à petit feu [1]. « En même temps ils offrent au martyr de cesser le tourment s'il renonce à la foi de l'Église catholique pour embrasser celle de l'Église grecque ; mais il répond à leurs propositions par des paroles sublimes ; et, en confessant hautement la foi latine, il les exhorte de nouveau à renoncer au schisme et à

Ainsi j'atteste avec serment. Pierre Porphyre Kalczycki, évêque de Pinsk et de Turow, administrateur de Chelm et de Belz, archimandrite de Leszczyn. »

Toutes les tortures, endurées par le P. Bobola, ne sont point mentionnées ici. De plus Szaika place les faits dans un ordre un peu différent de celui que nous suivrons. A cette occasion nous ferons la remarque que cet ordre est très-différent dans les dépositions des témoins. La plus grande vraisemblance ou l'enchaînement le plus naturel a dû être notre guide.

[1] Ces brûlures furent constatées en 1730.

rentrer dans le sein de l'Église catholique.

« C'est ainsi que le saint apôtre de Jésus-Christ prêchait au milieu des tourments et priait pour ses bourreaux, dont la rage croissait avec l'inutilité de leur fureur. »

La vue de sa tonsure leur donna l'idée d'un nouveau supplice. Ils lui découpèrent la peau de l'occiput, à commencer du milieu de la tête, de sorte que les os du crâne, fût mis entièrement à découvert [1]. Un témoin dit qu'ils le firent par raillerie. La Notice développe ainsi ce tourment : « La vue de ce vrai prêtre les faisait bondir, et ils inventèrent dans leur haine contre le sacerdoce latin, un supplice où le sacrilége le dispute à la barbarie, et que le schisme seul peut trouver. Ils taillèrent, avec la pointe de leurs couteaux, la peau de la tête en forme de tonsure, et l'arrachèrent violemment [2]. »

[1] Le cinquième expert le constate ainsi. Le premier se contente de dire : *Ex occipite cutis abrasa;* le troisième : *Caput ab occipite excoriatum;* les deux autres n'en parlent point.

[2] La Notice continue ainsi : « Et pour couronner, comme ils disaient dérisoirement, cette consécration sacerdotale, ils lui raclèrent la peau des doigts et des mains dans tous les endroits qui avaient reçu l'onction de l'huile sainte, faisant une onction nouvelle et plus précieuse que la première avec le sang de la victime. » Aucun témoin, que nous sachions, ne dit que les doigts

Ses mains, qui avaient reçu l'onction de l'huile sainte, qui avaient réconcilié tant de schismatiques et dont la partie extérieure avait déjà été dépouillée de sa peau à Mohilno, durent également subir une transformation sacrilége. Les barbares coupèrent l'index de la main gauche et la première articulation de chaque pouce; ils arrachèrent la peau de la paume de la main droite; la main gauche fut encore plus maltraitée : ils détachèrent les muscles et les arrachèrent avec la peau.

Ensuite on tourna le corps du bienheureux sur le ventre et on le fixa de nouveau au banc. Puis, faisant une entaille à la peau dans la région des épaules, on la lui arracha par morceaux de tout le dos et d'une partie des bras, et ils répandirent, ajoute un témoin, de la paille d'orge sur les blessures [1].

furent raclés. On tortura les doigts d'une autre manière encore plus barbare. De plus, il n'est pas croyable que les Cosaques aient su que l'onction des mains était une partie des rites de l'ordination latine. Leur ignorance était des plus grossières : « Beaucoup d'entre eux, dit le P. Jean Lukaszewicz, ne connaissaient aucun mystère, ne savaient pas réciter l'Oraison dominicale ni faire le signe de la croix; un grand nombre ne s'étaient de toute leur vie approchés des sacrements de pénitence et d'eucharistie. L'ivresse, une vie brutale, un attachement vigoureux au schisme et une haine profonde pour la foi catholique étaient les traits distinctifs de ce peuple. »

[1] *Paleis hordeaceis vulnera consperserant.*

On a cru depuis que l'intention des bourreaux avait été de figurer une chasuble sanglante sur le corps du saint martyr. Mais il est difficile de juger des pensées intérieures; et nous dirons qu'il est fâcheux pour les partisans de cette opinion de ne pas pouvoir la baser sur des données certaines. De plus les témoins n'ont pas été impressionnés en ce sens, et le dos seul a été écorché. D'autres Cosaques exercèrent cette même cruauté sur la poitrine du vénérable P. Maffon, sans qu'on ait cru y voir la représentation d'une chasuble. Mais quelle qu'ait été l'intention de ces misérables, elle ne change rien aux douleurs du généreux martyr; la description qu'en fait l'auteur de la Notice sera toujours pleine d'édification : « Ils l'avaient consacré dit-il, prêtre de Jésus-Christ ; il était juste qu'ils le revêtissent d'une chasuble en harmonie avec les rites employés dans son ordination. Voici comment ils confectionnèrent ce magnifique ornement : Ils étendirent le confesseur sur une grande table et lui enlevèrent la peau du dos, en imitant le dessin d'une chasuble, puis ils remplirent la plaie écorchée et sanglante avec de la paille d'orge finement hachée. Le martyr fut ensuite pressé fortement contre la table, afin de faire pénétrer dans la chair les parcelles de la paille ; on l'y attacha solidement et l'on enfonça des morceaux de bois effilés sous chacun des ongles de ses pieds et de ses mains. » En 1730, un des experts constata dans les doigts des mains [1] les trous fait par les éclats de bois de pin, enfoncés sous les ongles.

Tous ces tourments étaient entremêlés de coups et de soufflets. Un de ces soufflets fit sauter deux incisives de la mâchoire supérieure ; « son visage, dit la Notice, s'enfla tellement qu'il ne présentait plus aucune apparence de figure humaine [2]. En le voyant réduit à un état si misérable, les sauvages poussaient des cris de joie, chaque tourment provoquait de nouveaux éclats de rire, de nouvelles insultes et de nouvelles moqueries. » Un des reproches retenus par les témoins, c'est qu'il était Jésuite, propagateur de la religion catholique et destructeur de leur schisme.

Au milieu de ces reproches, des sarcasmes, des tortures, le bienheureux semble avoir élevé plusieurs fois vers le ciel ses mains écorchées et sanglantes. Il a aussi prononcé quelques paroles, recueillies par les témoins : « Mes chers enfants,

[1] Nous regrettons de n'avoir rien de bien explite sur ce tourment infligé aux doigts des pieds. L'abrégé inséré dans *la Civiltà* ne parle que des doigts des mains.

[2] Le juif Wolf constata cette enflure du visage.

dit-il aux bourreaux, que faites-vous?... Que le Seigneur notre Dieu soit avec vous; et, dans votre malice, faites un retour sur vous-mêmes.... Jésus, Marie, assistez-moi! Éclairez ces aveugles par votre lumière; convertissez-les, retirez-les de leurs erreurs.... Seigneur, que votre volonté se fasse!... Jésus, Marie!... Seigneur, je livre mon âme entre vos mains! »

Il faisait, en outre, des actes de foi et de charité, protestant qu'il voulait vivre et mourir en union avec la sainte Église de Dieu. Mais les doux noms de Jésus et de Marie, et quelquefois celui de Joseph, sortaient surtout de sa bouche; plusieurs des témoins ne connurent ou ne retinrent pas d'autres paroles. Le vieux Jacques Cyctwerynka, interrogé sur ce qu'il avait entendu, répondit : « J'ai entendu sa voix, pendant que les Cosaques le torturaient dans une maison de Ianow. Il criait : Jésus, Marie! »

Du reste, les témoins constatent qu'on n'entendait point sortir de sa bouche d'autres cris que des prières faites à Dieu et aux saints pour implorer du secours et obtenir la conversion de ses bourreaux. Ils ajoutent que ses prières étaient d'autant plus ferventes que les tourments étaient plus cruels.

C'est ainsi que les actes authentiques des martyrs des premiers siècles nous font entendre de saints confesseurs répétant sans cesse : « Jésus, ayez pitié de moi ! Jésus, aidez-moi ! Jésus, soutenez-moi ! » L'invocation de la sainte vierge s'y rencontre à côté de celle de son divin fils. C'est que le martyre chrétien exige autre chose qu'une constance naturelle et, à plus forte raison, qu'une constance de parade ; la patience du martyr doit être surnaturelle et, par conséquent, transformée par la grâce ; il faut que, à cause de cet élément divin qui s'unit à la force naturelle de l'homme, on puisse dire que Jésus supporte les tortures avec le martyr. Aussi, un seul moment d'interruption dans cette communication du secours céleste serait assez pour faire d'un martyr un apostat ; et c'est pour prévenir cette interruption et obtenir abondamment la grâce de Dieu, que les martyrs redoublent leurs prières au milieu de leurs souffrances.

La prière du bienheureux Bobola montait donc incessamment vers le ciel ; ses plaies béantes, ouvertes comme autant de bouches implorant la miséricorde de Dieu, faisaient descendre avec abondance du trône de grâce un courage surhumain, une patience invincible dans l'âme du confesseur.

« Revêtu, dit la Notice, de sa chasuble rouge,

dont chaque brin de paille brillait comme un diamant, le prêtre était prêt à offrir le sacrifice. Il redoublait ses ferventes prières pour ses bourreaux, tandis que ceux-ci redoublaient les coups et les supplices. Après lui avoir enlevé les narines, taillé les lèvres, ils tinrent conseil sur le moyen à employer pour lui arracher la langue. L'opération était importante; il s'agissait de détruire l'instrument le plus efficace de l'apostolat catholique, l'organe dont le serviteur de Dieu s'était servi pour prêcher la vérité et convertir tant d'âmes à la foi orthodoxe. Après une longue délibération, on s'arrêta au mode le plus atroce, une large blessure est pratiquée dans le cou, et, par ce trou la langue est tirée du gosier avec toute sa racine. » « Elle fut jetée à terre, » dit expressément un témoin [1].

Il est probable que déjà auparavant, ils lui avaient fait une autre amputation, la même que les gueux de mer firent aux martyrs de Gorcum, l'impudeur se mêlant autant à la vengeance du schisme qu'à la fureur persécutrice de l'hérésie. De plus on lui enfonça dans le côté gauche, vers

[1] La Notice dit : « Elle fut montrée au public comme un trophée. » Mais d'abord, il n'y avait pas là de public; de plus, la porte de la boucherie était fermée et les fenêtres étaient élevées au-dessus de hauteur d'homme.

la région du cœur, un poinçon, trouvé sans doute dans la boucherie, et qui fit une blessure circulaire et profonde, se dirigeant vers l'intérieur. Les rapports des experts décrivent avec soin cette lésion.

Cette lente tuerie avait duré au delà d'une heure [1]. Les barbares étaient vaincus par la constance inébranlable du martyr. Ils abandonnèrent leur victime, qui répandait des flots de sang. Quand ils furent sortis de la boucherie, quelques personnes eurent la curiosité de venir contempler le serviteur de Dieu luttant avec la mort. Jean Klimczyk fut de ce nombre : à l'âge de quatre-vingt-dix ans, il fit sa déposition sur l'état affreux dans lequel il avait vu le saint martyr. Rien de plus propre à dépeindre cet état que le langage grossier de ce témoin : « Je l'ai vu, dit-il : le sang ruisselait de sa tête, de ses mains, de ses pieds, de tout son corps, comme d'un sanglier ou d'un bœuf, qu'on vient d'abattre. »

Un colonel ou chef militaire des Cosaques, visitant la ville de Ianow et les cadavres qui gi-

[1] Un témoin, qui avait appris les circonstances du martyre de la bouche de Jacques Gyetwerinka dit. Introduxerunt ad unam domunculam; in qua positum in mensa crudelissime *per integram et amplius horam* excruciabant. »

saient çà et là, entra dans la boucherie, examina le corps du serviteur de Dieu; voyant que la vie n'était point encore éteinte, il donna ordre de l'achever. On porta au saint confesseur deux coups de sabre sur la gorge qui la coupèrent entièrement. L'âme du bienheureux, comme celle de l'apôtre, désirait avec ardeur de lever sa tente terrestre et d'être avec Jésus; elle se détacha du corps et prit son vol vers les cieux. La mort doit avoir eu lieu vers trois heures de l'après-midi, le 16 mai 1657 [1].

Ainsi s'acheva le martyre, peut-être le plus affreux que jamais confesseur de la foi ait subi. La sacrée congrégation des rites n'a pas craint d'affirmer que « jamais pour ainsi dire, un si cruel martyre n'avait été proposé aux dis-

[1] Dans un document, extrait des archives de la province de Lithuanie et produit au procès, on lit : « *Sequenti die* jussu præfecti legionarii, oppidum et cadavera lustrantis, patri multis vulneribus saucio cum morte luctanti cervix duplici frameæ ictu recisa attulit finem tormentorum. » Nous pensons que ce *sequenti die* est fautif, car 1° tous les témoins placent la mort du Père le 16 mai; 2° dans ce document même il est dit que le bienheureux fut pris le 16 mai, et qu'il acheva son martyre à l'âge de 66 ans, l'an 1657, *maji decima sexta ;* 3° la blessure faite à la gorge pour extraire la langue et l'amputation faite au bas-ventre devaient produire la mort en peu de temps (à moins qu'il n'intervînt un miracle), soit par perte de sang, soit par suffocation.

cussions de cette sacrée congrégation. » *Tam crudele vix aut ne vix quidem in hac sacra congregatione propositum fuit simile martyrium.*

XII.

Départ des Cosaques. Vénération pour le saint martyr. Son corps enterré à Pinsk.

Le colonel des Cosaques fit jeter le cadavre au milieu d'une espèce de fumier, sur la grande place, ou bien comme le disent d'autres témoins, sur le chemin d'Ochow [1]. « On raconte, dit la Notice, qu'une clarté surnaturelle entoura la victime sur son lit de fumier, devenu un trône glorieux, et que ses bourreaux en furent épouvantés. D'autres disent qu'ils furent effrayés par leur propre barbarie, plus capable en effet que rien au monde de jeter l'effroi dans tout cœur où restait encore quelque vestige d'humanité. » Nous préférons le récit qu'un témoin entendit faire par Paul Hurinowicz, qui fut présent à une grande partie du martyre du P. Bobola; son récit est en général le mieux circonstancié. « Lorsque le Père expira, dit-il, une certaine

[1] *In via Ochovensi*.

clarté parut dans le ciel; les Cosaques s'enfuirent aussitôt, disant que c'était un incendie allumé par les polonais, » qui devaient être proches, par conséquent. Quoiqu'il en soit, les Cosaques abandonnèrent Ianow et tout le pays.

Les catholiques, cachés dans les bois, les caves, les tours, ne tardèrent point à sortir de leurs retraites. Ils revenaient comme d'une longue agonie. Chacun alla reconnaître ses morts. Il y eut un rassemblement autour du corps d'André Bobola; dans la foule, il en fut entendu plusieurs qui remplirent l'air de leurs lamentations, ils s'écriaient; « Hélas! ils ont tué le saint prêtre! »

Le curé catholique de Ianow, appelé par les uns Zalescius et par les autres Zabowski, recueillit le corps du bienheureux et le plaça d'abord au milieu d'une cour du presbytère. Puis il le fit transporter à l'église, sans doute parce que le nombre de ceux qui venaient le considérer avec un pieux attendrissement, était trop considérable pour entrer dans un espace étroit. Le saint corps resta dans l'église jusqu'au samedi, 30 mai, jour où il fut porté à Pinsk, comme le témoin Constance Pawiowa le déposa en 1727, quand elle avait atteint l'âge d'environ cent ans : » Je n'ai pas vu, dit-elle, le corps de ce martyr le jour même où il fut torturé (le mercredi); mais je l'ai vu après, le quartième jour, lorsqu'on le transportait à Pinsk par le village de Duboseja [1]. Tous les hommes du village s'étaient rassemblés, nous, femmes, nous le regardions aussi. Je me suis trouvée tout près du corps; quoiqu'il fît alors chaud, on ne sentait pas cependant la moindre mauvaise odeur. Nos Pères Jésuites du collége de Pinsk reçurent le corps pour le placer dans leur église. »

Pendant le trajet par la ville de Pinsk, le peuple qui avait été converti à la foi catholique en partie par les soins du saint missionnaire, lui donna un titre, que la postérité lui a conservé, le titre glorieux d'*apôtre de Pinsk*.

Les Jésuites, que le fer des Cosaques avait épargnés, étaient revenus de leur fuite. Parmi eux se trouvait le P. Jean Lukaszewiez. Il fut témoin de l'entrée du corps dans le collége, et il déposa que l'état du cadavre parut tellement affreux au P. Recteur, que celui-ci ne permit point à la communauté de s'en approcher, mais le fit porter sans retard dans le caveau. Par exception Lukaszewiez fut autorisé à le voir et il exprime en deux mots l'état dans lequel il le trouva « Il

[1] *Aula Dubosejana* : est-ce le village de Dubloi, relai de poste, marqué sur les cartes à mi-chemin de Ianow à Pinsk.

était, dit-il, torturé partout et rempli de blessures. »

En effet, selon le quintuple rapport, dressé par les experts en 1750, la peau de la partie postérieure de la tête était arrachée, ainsi que d'une partie des bras, des mains, de tout le dos jusqu'aux cuisses, et de la jambe droite depuis le genou jusqu'aux doigts du pied ; l'œil droit était enlevé ; le nez, les oreilles, les lèvres, le bas-ventre, l'index gauche, une articulation de chaque pouce, un doigt du pied gauche et une articulation de l'orteil droit coupés ; deux dents incisives arrachées de leurs cellules ; dans le cou, un immense trou par lequel on avait arraché la langue ; la gorge coupée par le sabre ; au dessus du coude du bras gauche, une blessure large comme la main, et une autre au radius vers son extrémité carpienne ; au bras droit, vers l'extrémité humérale du radius, une blessure de trois doigts de largeur, et une blessure considérable, faite avec le glaive, dans les premières articulations des doigts ; dans chaque main des trous faits par les pointes de bois glissées sous les ongles ; au côté gauche de la poitrine, une blessure ronde, dirigée vers l'intérieur ; et enfin une profonde blessure au talon gauche ; de plus toute l'épine dorsale et le fémur gauche étaient disloqués.

Ce corps mutilé fut placé dans le tombeau inférieur du coin qui est à gauche en entrant dans le caveau. On y mit cette simple inscription : *Pater Andreas Bobola*, et l'on marqua sur un feuillet à la suite des noms des autres Pères enterrés dans le collége de Pinsk : « Le P. André Bobola, très-cruellement massacré à Ianow, le 16 mai 1657, par les impies Cosaques, qui d'abord le torturèrent de beaucoup de manières et l'écorchèrent, est enseveli devant le maître-autel. »

Cependant la barbarie des tourments infligés au P. Bobola, sa sainteté reconnue, ses succès dans la carrière apostolique donnèrent quelque éclat à son martyre. On se le détaillait avec une sainte frayeur; la nouvelle s'en propageait peu à peu par toute la Pologne, la Lithuanie, la Russie, la Prusse, la Moscovie, la Samogitie, la Bohême et ne fut pas même ignorée en France. Personne ne l'apprit avec plus douleur que l'ami du saint missionnaire, Charles Kopek, seigneur héréditaire de Ianow et fondateur de l'église catholique en cet endroit. Un témoin le fait connaître en ces termes : « Lorsqu'on racontait au seigneur Kopek des détails touchant le martyre du P. Bobola, il m'est arrivé, dit-il, plus d'une fois de lui voir répandre des larmes et de l'entendre s'écrier : « Oh! saint martyr! » Le seigneur Tokarzewski, qui avait reçu souvent chez lui le saint martyr, ne témoigna pas moins de respect pour la mémoire du P. Bobola.

Il est remarquable que les témoins s'accordent à dire que ce furent les séculiers, et surtout les nobles, qui propagèrent la réputation de sainteté du nouveau martyr. Ils ne parlent jamais de ses confrères les Jésuites, comme ayant aidé à soutenir ou à faire accroître cette réputation. C'est que dans la bataille que leur avait livrée le schisme, ils avaient vu tomber trop de compagnons d'armes dont la mort devait leur paraître également glorieuse. C'était à Dieu à faire le discernement : il le fit les premières années du XVIIIe siècle.

XIII.

Découverte du corps du bienheureux. Procès de béatification.

A la mort du bienheureux Bobola, les désastres de sa patrie ne durent point cesser de sitôt. Le collége de Pinsk eut non-seulement sa part dans les malheurs communs à toutes les autres institutions publiques, mais il fut victime d'autres désastres encore, qui contribuèrent à faire perdre jusqu'aux traces du tombeau du martyr. En 1663, un vaste incendie dévora tous les bâtiments du collége : à peine les personnes furent sauves. En 1671, la foudre tomba sur un bâtiment isolé, où la crainte de l'ennemi avait fait transporter les papiers ainsi que tous les objets meubles; et le collége, qu'on rebâtissait, s'écroula au moment qu'on y plaça le comble. Ces faits furent allégués dans la procédure de la béatification, pour expliquer le manque de documents écrits sur le P. Bobola.

Ces malheurs eurent un autre effet encore, la position précaire du collége.

En 1701[1] le P. Martin Godebski, dont plusieurs témoins parlent comme d'un saint, était recteur; l'état peu rassurant du collége devait naturellement le préoccuper beaucoup. « Une nuit, » c'est lui-même qui le raconta ainsi au frère sacristain, Procope Lukaszewicz, à Jean Zamowski, curé de Ianow et à d'autres, une nuit qu'il venait de se coucher, après les prières du soir, et que la tête lui était travaillée de beaucoup de pensées, un Jésuite lui apparut. Effrayé, il demanda qui c'était. L'inconnu lui répondit : « Je suis André Bobola,

[2] Les premières procédures eurent lieu, comme nous verrons, en 1719; or, le F. Procope Lukaszewicz, déposant cette même année, dit : « Il y a à peu à près dix-huit ans que nous avons creusé pour trouver le corps. » La découverte doit donc avoir été faite en 1701.

» votre confrère, tué par les Cosaques pour la » foi. Cherchez mon corps et retirez-le du mi- » lieu des autres et vous m'aurez pour protec- » teur de votre collége [1]. » Le lendemain, le P. Godebski alla trouver le Frère Lukaszewicz et lui ordonna de chercher le tombeau du P. Bobola. Le Frère se mit à l'œuvre avec plusieurs domestiques ; ils ouvrirent tous les tombeaux sans découvrir celui du P. Bobola. Le jour suivant, ils rentrèrent dans le caveau, firent des fouilles, trouvèrent d'autres tombeaux, mais pas encore celui qu'on cherchait. Le P. Godebski faisait demander partout le registre des enterrements ;

[1] Il est libre à Dieu de glorifier ses saints quand et comment il lui plaît. La manière qu'il a choisie de faire éclater la gloire du bienheureux Bobola n'a, du reste, rien de nouveau. Ceux qui ont quelque connaissance de l'histoire ecclésiastique savent que Dieu s'est souvent servi des visions pour faire trouver les corps des saints et les faire honorer. Il existe, en ce genre, des faits qui défient la critique la plus sévère : nous nous contenterons de rappeler la découverte des corps des saints Gervais et Protais à Milan, du temps de saint Ambroise. Si la vision du P. Godebski n'était point liée à plusieurs circonstances prodigieuses, on pourrait la révoquer en doute ; mais l'intégrité du corps, un grand nombre de miracles opérés près du tombeau, le martyre et la sainteté du bienheureux Bobola ne permettent point de la reléguer au rang des imaginations. Du reste, des témoins disent que le P. Godebski se défia d'abord de cette apparition et qu'il ne fit travailler que lorsque la vision s'était plusieurs fois répétée.

peine inutile. « La troisième nuit, » c'est le Frère Lukaszewicz qui parle, « le P. André Bobola m'apparut et me dit : « Mon corps est sous terre, » à gauche, dans le coin ; cherchez là et vous » le trouverez. » Le Frère communiqua le lendemain à son recteur cette indication si précise, et le même jour un scolastique lui apporta un feuillet qu'il avait trouvé dix ans auparavant, et sur lequel étaient écrits les noms des Pères enterrés dans le nouveau caveau. C'était le feuillet dont nous avons parlé au chapitre précédent. « En conséquence, dit le Frère, lorsque les offices étaient finis dans l'église, deux régents du collége, les domestiques et moi, nous nous rendîmes dans le caveau, fouillâmes l'endroit indiqué par le P. Bobola, et trouvâmes un tombeau sans peinture, renfermant un corps et portant cette inscription : *Le Père André Bobola*. Nous l'ouvrîmes aussitôt, et nous vîmes le corps, revêtu d'une aube et d'une chasuble. Nous le mîmes à part sous la fenêtre du caveau. » Au moment de l'ouverture « nous étions quatre ; le Père préfet de l'église était venu en dernier lieu. » Un autre témoin dit que la chasuble et l'aube étaient pourries. On enleva donc ces vêtements, et on couvrit le corps d'une toile blanche ; un troisième témoin le vit en cet état trois jours plus tard. Après on revêtit le bienheureux en prêtre ;

on lui mit une vieille chasuble noire et le bonnet carré sur la tête.

Mais n'insistons pas davantage sur ces détails, c'est là l'ouvrage des hommes ; le doigt de Dieu était ailleurs.

En effet, le corps du martyr était entier, sans corruption ; les membres flexibles ; du sang coagulé, mais frais, se voyait dans les blessures; nulle odeur cadavérique, mais plutôt une exhalaison agréable remplissait l'air environnant.

La nouvelle de ce prodige ne tarda pas à se répandre. Tout le collége, toute la ville accourut ; les élèves se pressaient autour du saint; les hommes, les femmes, les nobles, les paysans, les valides, les infirmes vinrent de loin ; on s'agenouillait, on priait près du glorieux corps ; et l'on était heureux, quand on pouvait recevoir sur sa tête l'imposition d'une main du P. Bobola, ou baiser la main gauche qui était remplie de sang. Ce sang était rouge d'abord ; mais ces baisers, disent les témoins, le rendirent peu à peu tout brun. Dieu ne laissa point son œuvre imparfaite. Au miracle de la conservation du corps, il en ajouta beaucoup d'autres. Bientôt toute la Lithuanie et toute la Pologne furent remplies du bruit des merveilles qui s'opéraient par l'intercession du nouveau thaumaturge. On dressa, au collége de Pinsk, un catalogue détaillé des prodiges le mieux avérés.

L'autorité épiscopale intervint bientôt. En 1711, l'évêque de Luck et Brzese, Monseigneur Wyhowski, fit extraire le corps du lieu de la sépulture commune du collége, placer dans un nouveau cercueil en bois et transférer dans un caveau séparé du premier par un mur. La garde du saint dépôt fut d'abord confiée au P. Alexandre Kraiewski, et, en 1730, au P. Pierre Maykowski. Ils attestèrent, en 1730, qu'à leur connaissance on n'avait jamais rien enlevé du corps.

En 1719, le successeur de Monseigneur Wyhowski [1], en sa qualité d'ordinaire de Pinsk, recueillit les premières dépositions des témoins touchant la vie, le martyre et les miracles du serviteur de Dieu; il fit deux fois, en présence de plusieurs personnages distingués, la visite juridique du tombeau et du corps, et écrivit, le 29 juin 1719, à la sacrée congrégation des rites pour lui recommander l'introduction de cette cause et lui communiquer les informations qu'il avait prises. Dans sa lettre, il fait le plus bel éloge du P. Bobola; nous n'en extrairons que ce passage : « Pour que vos Éminences illustris-

[1] Ce successeur se signe *Joachim*.

trissimes, écrit-il, connaissent mieux les choses, en décharge de ma conscience, j'atteste que cet homme apostolique, plein de zèle pour la gloire de Dieu, a beaucoup travaillé pendant sa vie pour la foi catholique et qu'il a mis le sceau à ses travaux en répandant son sang. Il est regardé comme un saint par tous les grands du royaume, par l'ordre de la noblesse et par tout le peuple du royaume de Pologne et du duché de Lithuanie, et Dieu ne cesse de glorifier son saint par des miracles. »

L'année suivante, le roi Frédéric-Auguste, les archevêques de Gnesne et de Lemberg, les évêques de Cracovie, de Vilna, de Posen, de Warmie, de Polock, de Luck et de Culm; le chapitre de Vilna; Sieniawski, généralissime de l'armée de Pologne; Wisniowiecki, palatin de Cracovie; Pociey, généralissime de Lithuanie, et plusieurs autres grands du royaume et du palatinat prièrent le pape d'autoriser le culte du saint martyr. Les principaux d'entre eux renouvelèrent leurs instances la même année, et puis encore en 1726 et 1727, pendant qu'il se faisait de nouvelles informations par l'autorité de l'ordinaire.

La cause fut enfin introduite devant la sacrée congrégation, et une nouvelle procédure commencée d'autorité apostolique par les évêques de Luck et de Vilna, en 1730.

Il faudrait entrer dans des détails infinis si nous voulions suivre le dédale des formalités juridiques. Qu'il nous suffise de dire que le pape Benoît XIV publia, le 9 février 1755, un décret par lequel il déclarait constant le martyre du P. Bobola et la cause de ce martyre. Elle lui était très-particulièrement connue : en sa qualité de promoteur de la foi, il avait été chargé de la combattre pendant plusieurs années. Les malheurs du temps, et surtout la destruction de la Compagnie de Jésus vinrent bientôt arrêter le progrès de cette cause. Cependant Dieu, qui avait tiré des ténèbres la gloire du P. Bobola, ramena des circonstances favorables ; le 25 janvier 1835, Grégoire XVI approuva comme miraculeuse la conservation du corps du saint missionnaire. Sa Sainteté Pie IX approuva trois autres miracles, le 5 mai dernier, fête de l'Ascension ; et le jour de la Nativité de saint Jean-Baptiste, il déclara qu'on pouvait faire la solennité de la Béatification. Enfin, par un bref du 5 juillet, il permit aux ecclésiastiques du diocèse de Luck et à tous les Pères de la Compagnie de Jésus de célébrer annuellement dans leurs églises la fête du bienheureux, le 23 mai, jour de l'octave de son glorieux martyre.

Rome célébra cette béatification, commencée par Dieu et attendue si ardemment par les hommes, le 30 octobre de cette année, presque deux siècles après le martyre du glorieux confesseur de l'unité chrétienne.

XIV.

Conservation miraculeuse du corps.

Les grâces, les bienfaits, les miracles, accordés ou opérés par Dieu en l'honneur de son saint martyr, sont innombrables. Nous en choisirons quelques uns et nous prendrons pour règle de notre choix celui des postulateurs de la cause, qui en proposèrent huit à la discussion de la congrégation des rites.

Le premier est la conservation miraculeuse du corps. Nous ne parlerons plus de sa découverte ni de la visite authentique faite par l'ordinaire du lieu en 1719. La visite, faite d'autorité apostolique le 26 et le 27 mai 1730, fut plus solennelle; les indications plus précises; les experts plus compétents.

Le premier jour, deux professeurs de théologie au couvent des Dominicains de Pinsk, le notaire apostolique de l'évêque de Luck, deux prêtres de la Compagnie de Jésus et un supéreur des Clers réguliers, examinèrent des yeux et palpèrent des mains le corps, en présence d'un médécin qui fit des expériences sur le sang.

Le jour suivant cinq experts furent appelés : Jean Godefroid Geyen, premier médecin du prince Sanguszko, maréchal du grand duché de Lithuanie; Daniel Fleischer, chirurgien de sa Majesté le roi de Pologne; le F. Coadjuteur Mathieu Besner, apothicaire du collége de Pinsk et médecin praticien [1]; Jacques François Jordan, apothicaire de la ville de Pinsk; et Jean Sielecki, chirurgien de l'évêque de Luck. Les six premiers témoins firent leurs dépositions de vive voix; les cinq experts firent chacun leur rapport par écrit; ils en garantirent l'exactitude sous la foi du serment.

Aucune divergence sensible n'existe entre tous ces témoignages et rapports. Tous résolvent affirmativement ces trois points : que le corps, sauf les blessures, est entier, la chair molle et flexible; que cet état de conservation n'est point dû à des causes naturelles connues; que les circonstances sont telles que cette conservation doit être appelée un miracle.

[1] A cette époque, il n'y avait pas un seul docteur en médecine ou en chirurgie, à quatre-vingts lieues à la ronde de Pinsk. On n'en trouvait que dans les plus grandes villes, à Lemberg, à Varsovie, à Grodno, à Vilna, à Posen et à Cracovie. Partout ailleurs les apothicaires et les barbiers les remplaçaient. Ceux-ci tâchaient d'acquérir, les uns, quelques notions de médecine, les autres, quelques notions de chirurgie.

Nous extrayons du premier rapport, dressé par le médecin Geyen, ce qui regarde l'état du corps : « La chair des bras et des mains est molle et flexible. A la poitrine et à la région du ventre la peau et la chair sont molles ; les reins et les deux cuisses sont entières avec la peau molle et flexible. Au rein droit surtout il y a des traces de sang coagulé ; il y en a moins au rein gauche ; mais les deux reins sont entiers, comme il a été dit. La peau du pied droit est intacte, molle et flexible ; et l'on sent que la chair du talon droit est entière, molle et vive. Depuis le genou jusqu'aux doigts du pied gauche, la chair avec la peau est molle ; la plante du pied conserve la peau charnue, molle, entière. Tout le corps est brun. » Le médecin Geyen remarque en outre que les blessures, dont il fait également l'énumération, n'avaient produit aucune trace de corruption ; qu'il n'y avait aucune mauvaise odeur, mais plutôt une exhalaison agréable ; qu'aucun baume ou autre préservatif n'avait été employé ; et enfin que, dans la région du bas ventre et sur la cuisse, il y avait du sang d'un rouge obscur ; qu'il l'avait enlevé avec un linge trempé dans le vin et que les taches laissées sur le linge étaient des traces distinctes d'un sang coagulé.

Les cinq rapports, les six dépositions et tous les autres témoignages qu'on avait recueillis sur ce miracle furent communiqués à deux professeurs de médecine à Rome, Alexandre Pascoli et Raymond Tarozzi. Ils firent sur ce prodige une dissertation, dans laquelle ils indiquèrent d'abord les causes naturelles, qui peuvent préserver les corps de la corruption; puis ils prouvent qu'aucune de ces causes ne se rencontre dans le cas soumis à leur discussion : « Ni la nature, disent-ils, ni la maladie, ni l'industrie des hommes, ni des circonstances accidentellement favorables, rien de tout cela n'a existé pour préserver de la corrupti on le cadavre du vénérable André Bobola; au contraire tout conspirait à hâter la corruption. Bobola était très-gros et corpulent [1]. En haine de la foi, il fut maltraité par les Cosaques, fouetté, couvert de contusions livides; il expira enfin courageusement, vers la fête de l'Ascension, au milieu des supplices et des tourments. Son corps qui avait été enseveli dans un lieu humide, fut retrouvé sans putréfaction, enveloppé dans des vêtements gatés par la pourriture, au milieu de beaucoup d'autres corps (une centaine), qui étaient tous en dissolution. Après soixante années [2] d'ensevelissement, il a été vu par les

[1] Is natura obesus et corpulentus.

[2] C'est soixante-deux ans après la mort qu'on commença les premières procédures et qu'on fit la première visite légale, et soixante-quatorze ans après, que se fit

experts et par tout le monde, dans un état tel qu'il parraissait presque conserver la couleur et la mollesse naturelles des chairs vives, et la flexibilité des articulations, que Zacchias, de de Rejes et Scacchi exigent pour le miracle. Or cette conservation pourrait-elle ne pas nous dire que Dieu a voulu manifester la gloire de son serviteur par un prodige?

» L'état de cadavre, le genre de mort, le développement du système vasculaire, la chaleur qu'il faisait avant l'inhumation, le lieu de la sépulture, le voisinage et l'infection des autres cadavres, tout devait naturellement occasionner la putréfaction du corps, tandis que rien ne pouvait la retarder : ni enlèvement d'entrailles, ni ni embaumement, ni désiccation, ni quelque autre moyen artificiel que ce soit. »

Ainsi parlent Pascoli et Tarozzi. Ils finissent par résoudre toutes les objections médicales du promoteur de la foi. Nous ne pouvons nous arrêter à cette partie de leur dissertation.

Depuis il ne s'est plus fait de visite authentique du corps; mais l'on sait qu'il s'est conservé entier jusqu'en 1820, moment désastreux, où la Compagnie de Jésus fut expulsée de tous les

l'autopsie, discutée ici par Pascoli et Tarozzi. Mais le corps avait été découvert et trouvé intact quarante-quatre ans après l'enterrement.

États de l'empereur Alexandre. Par ordre de ce prince le corps du P. Bobola avait été transféré de Pinsk à l'église des Jésuites de Polock. Le concours du peuple à ce nouveau tombeau devint bientôt aussi considérable qu'il l'avait été à Pinsk. Les images ou portraits du Père, qui avaient touché son corps, étaient recherchées par des personnes de toute condition; on lui mettait sur la tête de petits bonnets en toile, qu'on distribuait comme les anciens *brandea*; et beaucoup de personnes attribuaient à l'emploi respectueux de ces bonnets la grâce d'être guéries de maux de tête invétérés [1].

[1] On lit dans la Notice, que nous avons tant de fois citée dans cet écrit : « La dépouille mortelle du P. André resta dans la sépulture commune du collége de Pinsk jusqu'à l'époque, où l'empereur Alexandre ordonna de la transporter à Polock. On l'y déposa dans l'église des PP. Dominicains, et elle y repose encore aujourd'hui, entourée de la vénération des peuples et exhalant une odeur délicieuse. »

Nous ne relèverons pas toutes les erreurs renfermées dans ce court passage; nous nous contenterons de faire une seule remarque. Une personne, que nous avons lieu de croire bien instruite, nous a rapporté que l'église des Jésuites de Polock, laquelle conserve le saint corps, est desservie maintenant par des popes Russes, attachés à l'école de cadets établie dans l'ancien collége de la Compagnie; que les popes, quoique engagés dans le schisme, entretiennent le culte du bienheureux; et que les peuples (les schismatiques autant que les catholiques), continuent d'accourir avec confiance à ce tombeau. La dévotion des schismatiques au P. Bobola sur-

XV.

Apparition miraculeuse d'une croix et d'une image du bienheureux Bobola au lieu de son martyre.

Quelque temps après le supplice du bienheureux Bobola, la boucherie, triste théâtre de ce drame lugubre, fut abattue. En 1717, à l'endroit où l'on présumait que le martyre avait eu lieu, on érigea une croix, autour de laquelle on planta des chênes.

Mais Dieu, qui s'était chargé en quelque sorte de manifester la gloire de son serviteur, indiqua, en 1723, avec plus de précision l'endroit où le sang du martyr avait surtout coulé.

En effet, le jour de la fête de tous les saints, vers huit heures du soir, par un temps humide et au milieu d'une grande obscurité, l'avoué de

prendra bien des lecteurs; elle s'explique cependant. Les Jésuites Russes ne croyaient pas qu'humilier les schismatiques c'était les convertir, et ils se contentaient en conséquence de dire au peuple que leur saint confrère avait été martyrisé par les *infidèles,* nom générique qui comprend les gentils, les juifs, les hérétiques et les schismatiques. La vue du corps conservé et les autres prodiges, l'exemple des compatriotes et l'attrait intérieur de la grâce firent le reste. Ajoutons que les Russes schismatiques semblent avoir peu d'aversion pour honorer les saints dans les églises catholiques. Du fond de la Russie, il vient à Rome et à Bari de pauvres paysans pour honorer les tombeaux de saint Pierre et de saint Nicolas.

Ianow [1] et une dame passant par le marché de la ville, virent tout-à-coup une grande lumière dans l'air, ayant la forme d'une croix. Cette croix descendit vers la terre et se posa sur le terrain de l'ancienne boucherie, mais à quelque distance de la croix plantée six ans auparavant. La dame, comme elle l'assura dans sa déposition jurée, crut d'abord à l'apparition d'un spectre, fit le signe de la croix et dit : « Jésus, Marie! que tout esprit loue le Seigneur! » De son côté, l'avoué se rendit à l'hôtellerie voisine, où se trouvaient plusieurs nobles, venus à Ianow pour célébrer la Toussaint. Les uns se rendirent aux fenêtres, les autres sortirent de la maison; tous virent distinctement le météore prodigieux.

De proche en proche le bruit de la merveille se répandit par la ville; on accourut de toutes parts et il se forma un immense attroupement, où les nobles, les magistrats, les officiers se coudoyaient avec les hommes et les femmes du peuple, ainsi qu'avec les juifs. Toute la ville vint voir successivement, selon le témoignage du gouverneur, Moczydlowski.

La croix était éclatante de blancheur, sans être lumineuse; des témoins la comparent à deux serviettes croisées; d'autres à deux grandes ban-

[1] En latin *advocatus Janoviensis*. Il paraît que c'était une charge publique.

des de papier blanc ; d'autres à une croix formée de neige. Elle était bien dessinée, de la longueur d'un homme ; le poteau et les bras étaient larges de trois palmes. Ce phénomène resta visible toute la nuit. Au commencement de l'apparition, un homme, habillé d'un vêtement noir strié de rouge, et d'une grande ressemblance avec les images du P. Bobola, était étendu sur la croix. Son teint était brun ; il paraissait livide de contusions, mais sans blessures ; la partie supérieure du corps était surtout bien formée. Il était couché sur le côté gauche, la tête tournée dans la même direction, le corps fortement incliné en avant. Le bras droit pendait libre ; le bras gauche s'étendait vers le haut de la croix, on eût dit une image tracée sur du papier blanc ou sur la neige. Elle disparut au bout de peu de temps ; les premiers spectateurs seuls la virent ; et dans les actes la dame Kunicka, les sieurs Jakowski et Boykowski, ainsi qu'un jeune homme accouru avec précipitation pour voir le prodige, parlent seuls de cette image comme témoins oculaires.

Le lendemain soir, la croix apparut au même lieu. Un curé atteste dans les actes avoir vu, à cette seconde apparition, l'image du P. Bobola. L'affluence des spectateurs ne fut pas moins considérable que le jour précédent.

Par les dépositions des témoins, entendus sur ce prodige, il conste que les premiers sentiments de la foule étaient le doute et l'épouvante.

En conséquence plusieurs d'entre eux examinèrent si cette croix, cette apparition n'avait point une cause naturelle ; mais on se convainquit bientôt du contraire, la lune même étant cachée par les nuages. On toucha même la croix de la main, mais on ne trouva que de la terre humide. Alors on se mit à prier, à implorer *saint Bobola*, comme on l'appelait, à se mettre à genoux, à baiser la croix. On marqua d'abord la position du météore au moyen de brins de paille. Le gouverneur Moczydlowski ne jugea pas cette indication suffisante et mit de ses propres mains des clous de bois aux quatre coins. Le seigneur Olozewski, qui possédait en fief la ville de Ianow [1], fit ériger une croix sur la place même de l'apparition et planter une haie alentour.

Jacques Cyetwerynka et l'avoué de Ianow, deux vieillards témoins du martyre du P. Bobola, soutenaient que c'était là et non près de la première croix que le Père avait répandu son sang. Ils trouvèrent cette fois pleine créance. « Depuis lors, » dirent les témoins sept ans plus

[1] En latin *tenutarius*.

plus tard, « il y a toujours du monde près de la nouvelle croix, pour prier ; l'on vient même processionnellement des paroisses voisines. »

Le gouverneur Moczydlowski, qui montre dans tout son témoignage une grande circonspection, ajoute qu'il n'a entendu personne parler contre le miracle et que lui, il ne doute ni du fait, ni de son caractère surnaturel.

XVI.

Guérison instantanée du scolastique Jacques Bretzer d'une cardialgie désespérée, avec récupération instantanée de forces

Au mois de février 1720, Jacques Bretzer, scolastique de la Compagnie de Jésus, tomba gravement malade dans la maison professe de Vilna. Il fut traité par le docteur en médécine Orlowski et le Frère apothicaire Zdanski. C'était une maladie d'estomac si aigue, que l'infirme ne pouvait plus boire, ni manger, et qu'il rejetait avec de grandes douleurs les médicaments qu'on lui administrait : ces vomissements empêchèrent même de lui donner le saint viatique. Le 12 février, peu avant minuit, son état s'aggrava encore ; de sorte qu'on assembla la communauté autour de son lit et qu'on récita les prières des agonisants.

Dans cette triste position le P. Jean Lukaszewicz, son confesseur, recommanda au malade de se choisir un patron spécial auprès de Dieu; mais tandis qu'aucun nom de saint ne se présente à l'esprit de Bretzer, il voit tout à coup paraître devant lui un Père Jésuite, qu'on lui avait donné à peindre la première année de son noviciat, et il entend ces paroles : « Pourquoi ne recourez-vous point à moi? Je vous aiderai. » Il se sentit aussitôt soulagé et communiqua cette vision au P. Lukaszewicz. Ce Père lui apprit plusieurs circonstances de la mort du P. Bobola et alla chercher une image du saint martyr. Le malade attacha de ses propres mains cette image au mur, en se recommandant à la miséricorde de Dieu et aux prières de son serviteur. Pendant cinq heures, il y eut un mieux sensible.

Mais bientôt Bretzer se mit à raisonner intérieurement sur le martyre et la sainteté du bienheureux; la confiance, qu'il avait eue d'abord dans son intercession, disparut peu à peu. Au fur et à mesure que cette confiance s'affaiblissait, la maladie reprenait ses forces; Bretzer entra dans un paroxysme de fièvre. Tout hors de lui-même, il quitte son lit, saisit l'image du P. Bobola et la foule aux pieds. A la suite de ce délire, le malade semble de nouveau entrer en agonie.

La communauté fut de nouveau appelée au

lit du moribond; on lui mit dans la main un cierge bénit, et l'on récita de nouveau les prières des agonisants.

Cependant le P. Bobola apparut au malade tout glorieux et lui dit : « Je vous l'ai dit et je vous le répète, que ne recourez-vous à moi? Je vous aide et vous rends la santé. Restez et travaillez dans la sainte religion. » Alors le malade se mit à prier et à demander pardon de son incrédulité.

Le même jour le docteur Orlowski et le F. Zdanski le visitèrent et jugèrent qu'il n'y avait plus aucun espoir de guérison et que la mort ne se ferait pas attendre. Le P. Lukaszewiez en donna avis au F. Bretzer, et l'on se mit à préparer la sépulture.

Le 14, le moribond demanda au P. Lukaszewiez une relique du P. Bobola; mais le Père chercha en vain dans sa chambre. « Alors, » dit Bretzer dans sa déposition jurée, « je dis au Père qu'il devait chercher au coté droit de son pupître, et que là il trouverait la relique sous des papiers. Ce qui se vérifia, quoique je ne susse pas auparavant qu'il y eût eu une relique à la chambre du P. Lukaszewiez. » La relique fut mise dans un peu de vin que le malade but; Dieu voulut aussitôt glorifier son serviteur : toute trace d'infirmité disparut.

Bretzer sort de son lit et, plein de reconnaissance, il écrit l'attestation suivante : « Moi, Jacques Bretzer de la Compagnie de Jésus, en présence de Dieu tout puissant, de Marie, l'auguste mère de Dieu, et de toute la cour céleste, j'atteste que la bonté divine, par l'intercession et les mérites du vénérable P. André Bobola de la Compagnie de Jésus, m'a guéri, moi indigne, après que j'eusse fait tremper dans du vin une parcelle de son corps et que j'eusse bu ce vin. »

Le P. Lukaszewicz voulut faire rentrer le malade dans son lit; mais il avait besoin de se nourrir : la faim le poussa à la cuisine, où il mangea un morceau de pain sec.

Le lendemain Bretzer partait de Vilna en voiture; il rencontra le docteur Orlowski. L'état du Frère était tellement changé que, pour se faire reconnaitre d'Orlowski, il dut lui dire : « Je suis celui dont vous affirmiez hier qu'il ne pouvait plus guérir et dont vous avez fait préparer le tombeau. »

La guérison de Bretzer fut radicale. Elle est attestée par une première déposition faite avec serment, le mai 1721, devant le notaire apostolique Zebrowski et par une deuxième devant les commissaires apostoliques, en 1730. Plusieurs autres témoins oculaires vinrent la confirmer.

Toutes les pièces touchant la maladie et la

guérison du F. Bretzer furent soumises à l'examen des professeurs romains Pascoli et Tarozzi ; leur conclusion fut claire : « Toutes les conditions requises pour la déclaration d'un miracle se rencontrent ici. »

XVII.

Anne Dunin Gluszynska rappelée à la vie.

Pendant que toute la Pologne retentissait du bruit des miracles du P. Bobola, le capitaine Pierre de Skrzynno Dunin Gluszynski et son épouse, Marcienne Thérèse Holubowna, ne crurent point devoir y ajouter foi, et jugèrent plus prudent de suspendre leur jugement. Le capitaine se disait : « Je ne croirai ces miracles, que lorsqu'il s'en sera fait un dans ma maison. » Trois jours après, Dieu eut pour l'incrédulité de Glyszynski la même condescendance qu'il avait eue autrefois pour celle de son apôtre Thomas.

Le 31 janvier 1711, vers six heures du matin, la dame Gluszynska, étant sur le point de sortir de la maison pour assister à la sainte messe, recommanda à la servante d'aller voir comment se portait sa fille Anne, âgée de neuf ans. La servante, exécute cet ordre et trouve l'enfant sans respiration, insensible, froide; les yeux ouverts, fixes, immobiles, comme ceux d'un cadavre. La dame accourt et présente un miroir à la bouche de l'enfant; la glace ne perd rien de son éclat. On appelle le père. Il ordonne de laver l'enfant avec des liquides employées en cas de paralysie et d'apoplexie; ces remèdes ne produisent aucun changement. Il fait brûler du soufre sous les narines; nul éternument, nulle contraction. Il lui pique les doigts avec une aiguille; nul mouvement, nul signe de douleur. Il coupe dans un doigt; la blessure ne se remplit pas de sang. Il veut ouvrir la bouche avec une cuiller d'argent; il n'y parvient qu'après beaucoup d'efforts qui tordent la cuiller. Il introduit dans la bouche des poudres médicinales; nul mouvement ni pour avaler, ni pour rejeter. Il fait préparer un bain avec différentes herbes et ordonne d'y mettre sa fille : « Rien n'aida, dit le capitaine : on retira le cadavre du bain comme on l'y avait mis, sans pouls, sans battement de cœur, sans indice de respiration sur le miroir. »

Personne ne douta plus que la mort ne fût réelle. On plaça le cadavre sur une table couverte d'un tapis dans la chapelle du château; on alluma des cierges tout autour; les domestiques y vinrent réciter les prières des morts.

Cependant la mère, dans sa douleur, s'écria : « O Dieu, qui êtes un en trois personnes, si c'est votre volonté de glorifier votre serviteur, le Jésuite André Bobola, faites un miracle dans notre maison, et rendez-nous notre fille, à cause des mérites de votre serviteur que les hommes glorifient. » Dieu mit quelque temps la confiance de cette pieuse dame à l'épreuve.

Comme les Gluszynski appartenaient au rit latin, le père envoya chercher le curé latin de Zelvin [1], paroisse distante du château de plus d'un mille polonais ; on ne le trouva point. En son absence, le pope grec-uni d'Iwaszkiewicz fut appelé : il chanta autour du corps les prières pour les défunts d'après son rite ; puis récita trois évangiles. Pendant ce temps le père et la mère, conformément aux usages du pays, restaient prosternés par terre, les bras étendus en croix. Ils faisaient cette prière : « Seigneur, pour la plus grande gloire du patron nouvellement révélé, André Bobola, nous recommandons notre fille à son intercession. Par cette intercession, faites dans notre demeure le miracle de rappeler notre fille à la vie. » Cette dernière prière des parents fut exaucée.

[1] Les paroisses de Zelvin et d'Iwaskiewicz sont dites faire partie du district de Woleowise et du diocèse de Vilna.

Le prêtre récitait en ce moment son troisième évangile, l'histoire de la résurrection de la fille de Jaïre. Lorsqu'il fut arrivé à ces paroles : « Cette fille n'est point morte, elle dort ; » la jeune Anne Gluszynska remue la tête, la lève avec précipitation. A cette vue, tous les assistants s'écrient : « Gloire à Dieu. » La fille rentrant dans la vie s'écrie : « Saint André Bobola ! » Du reste, elle ne sait rien ; elle se trouve dans l'état où l'on est quand on sort d'un profond sommeil ou qu'on se sent déchargé d'un grand poids. On l'interroge sur sa mort ; elle répond : « J'ai été endormie, et je me suis éveillée, parce que ma couche était si dure. » Ce réveil eut lieu entre trois et quatre heures de l'après-midi.

Le père, la fille, deux domestiques, et un jeune homme, qui devint depuis vicaire à Ianow, déposèrent de ce miracle, comme témoins oculaires. Je ne trouve rien qui constate que les professeurs romains, Pascoli et Tarozzi, aient examiné le fait.

XVIII.

Enfant guéri instantanément, au tombeau du bienheureux, de cécité et d'une tumeur.

Le cinquième miracle, proposé par les postulateurs de la cause, eut lieu au mois de décembre 1714, peu de jours avant la fête de Noël.

On sait que l'Église orientale élève aux saints Ordres des hommes engagés dans les liens du mariage. Il en fut ainsi de Jean Kuzminski, prêtre du rite grec-uni et doyen de Derohocz. Son enfant, portant le même nom que lui, n'était âgé que de six mois, lorsqu'il fut affligé, à la partie occipitale de la tête, d'une tumeur de la grosseur d'un œuf, tandis que le reste de la tête était couvert de pustules. Bientôt le mal se jeta à l'intérieur et produisit une cécité complète; le mutisme s'y joignit. Aucun médecin ne se trouvait dans le voisinage. La mère appliqua sur la tête de l'enfant du chanvre trempé; mais ce remède empirique, au lieu d'aider, ne fit qu'augmenter l'inflammation. On renonça donc complétement à tout moyen médicamenteux.

Au bout de quatre ans, les parents prirent leur recours à *saint André Bobola,* comme ils l'appelaient; et la mère fit vœu de faire un pélérinage à pied au tombeau du martyr. C'était un voyage de dix milles polonais. Son petit aveugle l'accompagna en voiture et descendit avec elle dans le caveau. A peine l'enfant eut-il baisé les pieds du bienheureux, que la tumeur se rompit à l'intérieur de la tête; une matière corrompue sortit à gros bouillons par les oreilles; ses paupières s'ouvrirent et il sortit de ses yeux une substance blanchâtre. L'enfant était complétement guéri de sa tumeur et de sa cécité.

La guérison avait été instantanée, car l'enfant, qu'il fallait auparavant conduire ou porter, se mit à marcher tout seul dans le caveau même; la guérison fut radicale, car depuis il ne sentit plus aucun de ces maux. Il fit lui-même sa déposition, avec ses parents, en 1730; un grand nombre de personnes étaient prêtes à la corroborer. Seize ans auparavant, et cela au moment même où le prodige venait d'arriver, le fait avait été inscrit dans le livre des miracles de Pinsk.

XIX.

Enfant guéri d'une affection scorbutique répandue par tout le corps, du rachitisme et de la plique polonaise.

Le sixième miracle fut en faveur d'un enfant d'un noble lithuanien, Jean Chmielnicki. Les deux professeurs de médecine, Pascoli et Tarozzi ne craignirent pas de conclure la discussion qu'ils en firent, par ces paroles : « Nous affirmons avec serment que cette guérison s'est faite par un miracle évident. »

Depuis une demi-année, cet enfant souffrait d'une affection scorbutique des plus graves. Tout son corps était gonflé, chancreux, couvert de blessures et d'ulcères. Une puanteur presque insupportable et des vers très-minces sortaient continuellement de ces blessures. Cet état amena le rachitisme et l'enfant devint tout difforme. La plique polonaise, maladie inconnue dans nos climats, vint apporter de nouvelles douleurs; elles étaient d'autant plus vives que cette plique était de la plus maligne espèce, celle qui feutre les cheveux et qu'on appelle *féminine*. L'enfant était réduit à une telle extrémité, que le père disait à son épouse et à d'autres personnes qu'il y aurait plus de facilité pour un mort à sortir du tombeau, que pour cet enfant à continuer de vivre. La garde-malade fut même un instant où elle le croyait mort, elle l'avait lavé pour le préparer à la sépulture.

En ce moment la mère, accablée de douleur, faisait retentir la maison des cris les plus lamentables. La garde-malade lui dit : « Pourquoi vous lamenter ainsi en vain? Voulez-vous que les morts ressuscitent? Vous ne le rappellerez point à la vie par vos pleurs. »

Cependant une confiance inébranlable dans

l'intercession du bienheureux Bobola s'alliait dans l'âme de la mère à sa profonde douleur. Elle offre son enfant au saint martyr ; les assistants se joignent à elle. Au même instant, l'enfant se lève, demande à manger; la plique disparaît; l'eau qui tuméfiait le corps s'échappe par les trous des ulcères; les plaies se ferment instantanément ; « et, » ajoute la garde-malade, « au bout d'une semaine, l'enfant marchait. Il vit encore à présent ; il se porte bien; il y a vingt ans que le miracle s'est fait. Pendant sa maladie, on n'a employé aucun médicament ; le chirurgien n'a point été appelé. »

Le père, la garde-malade et une autre femme déposèrent de ce miracle ; leurs dépositions sont tellement détaillées et d'accord, que les professeurs romains les déclarent, pour ce motif, à l'abri de tout soupçon de supercherie ou d'erreur.

XX.

Guérison de Marianne Florkowska d'une dyssenterie chronique.

Le septième miracle, proposé par les postulateurs de la cause, eut lieu en 1750.

Au mois de mai une affreuse dyssenterie se déclara à Vilna, avec tous les caractères d'une maladie endémique. Elle enleva en peu de temps beaucoup de personnes de tout âge, de tout sexe, de toute condition. Elle s'attacha surtout aux enfants. Pour les uns, elle était aigue; pour les autres chronique. La dyssenterie chronique paraissait d'abord plus bénigne; mais par les ulcères qu'elle produisait dans les intestins, elle faisait plus de ravages que la dyssenterie aigue.

Marianne Florkowska, enfant de moins de deux ans, fut atteinte de la dyssenterie chronique. Pendant trois mois le mal résista à tous les remèdes et ne fit qu'empirer de jour en jour. Tout ce que l'enfant prenait, elle le rendait avec des déjections sanguines et infectes. Un gonflement monstrueux du ventre compliquait la maladie et faisait dire par la mère, dans un langage très-familier, mais que nous reproduisons pour l'intégrité du récit, « que sa fille ressemblait à un tonneau, sans mouvement, sans sensibilité, presque sans vie. » Les dernières semaines, quiconque approchait de la couche de l'enfant croyait voir plutôt un cadavre en putréfaction qu'un corps en vie; tant les émanations étaient fétides.

Mais laissons parler la mère : sa déposition jurée, faite en 1751 devant les commissaires apostoliques de Vilna, est pleine de l'intérêt que le cœur maternel sait donner à de semblables récits.

« Dans cette extrémité, dit-elle, mon affliction était des plus grandes. Je ne savais plus comment venir en aide à ma fille. J'allai donc trouver mon confesseur, le P. Alexandre Caszyc de la Compagnie de Jésus. Je lui dis : « Dieu m'a » déjà enlevé un enfant ; et l'autre est près de » mourir. J'ignore s'il n'est pas déjà mort. » Le Père me demanda si je n'avais point encore offert mon enfant dans des lieux saints : « Non, » répondis-je ; je me suis contentée de deman- » der à Dieu de daigner me consoler dans mon » affliction et de vouloir être assez bon pour » rendre la santé à ma fille, dont la vie est déses- » pérée. » Mon confesseur reprit : « Avez-vous » entendu parler du serviteur de Dieu, le P. Bo- » bola ? » « Oui, dis-je, quand je servais dans le » palatinat de Brzese. » « Eh bien, fut sa ré- » ponse, avec une foi vive et une ferme con- » fiance offrez votre enfant à ce serviteur de » Dieu ; à cette intention entendez trois messes » en l'honneur de la très-sainte Trinité ; et vous » verrez et expérimenterez la grâce et le secours » divin par l'intercession de ce serviteur de » Dieu. »

» Ma fille était presque réduite à l'état de cadavre ; je la mis de bien bon cœur, sous la protection du serviteur de Dieu. Avec toute la dévotion possible et beaucoup de larmes, j'entendis les trois messes. A mon retour à la maison je m'attendais ne plus trouver ma fille en vie. Pleine d'anxiété, et me trouvant encore à l'entrée devant la porte de la chambre commune, je demandai : « Marianne, notre fille, vit-elle » encore?» Mon mari repondit affirmativement; « mais j'ignore, ajouta-t-il, combien de temps » cette consolation nous restera. » Après cette réponse j'entre dans la chambre, le cœur oppressé de douleur et les yeux remplis de larmes : « Offrez, vous aussi, dis-je à mon mari, » notre fille à saint Bobola ; pour moi je l'ai déjà » fait. » Mon mari répliqua : « Je ne connais pas » ce saint; mais comme vous, je lui offre notre » fille de bien grand cœur. » A peine ce vœu fut-il fait, que notre enfant, toute brisée par une si grave maladie, se mit à prendre de la nourriture solide; ce qu'elle n'avait pas fait depuis trois mois. Le lendemain elle se porta beaucoup mieux encore; le troisième jour, elle fut en aussi bonne santé que si elle n'eût jamais été malade.

» Je rapportai ce miracle à mon confesseur, qui me dit d'en remercier le ciel. Je le fis. Il me dit aussi que je devais en faire un récit très-fidèle devant la commission de Vilna. Je le lui promis volontiers. Mais une semaine après la guérison de ma fille, mon mari me rapporta qu'un religieux lui avait dit qu'il était difficile et embarrassant que d'aller prêter serment et témoigner devant les illustrissimes seigneurs commissaires. Ces embarras m'effrayèrent; je résolus de ne pas aller. Toutefois, je communiquai cette résolution à mon confesseur : « Faites ce que » vous voulez, me répondit-il, je ne vous force» rai point. Mais craignez que Dieu ne vous pu» nisse de votre ingratitude et ne vous enlève vo» tre fille. » Je ne fis guère grand cas de cet avertissement. Mais revenue à la maison, je trouvai ma fille, que j'avais quittée en excellente santé, dans un si grand danger de la vie, qu'il ne semblait plus rester aucun espoir de la lui conserver. Des vomissements, des coliques, une obstruction d'estomac, une dysurie l'avaient prise. Mon mari et ma sœur étaient là avec moi. Nous nous dîmes que c'était une punition manifeste de Dieu, et nous nous écriâmes avec de profonds soupirs : « Miséricorde, saint Bobola ! » nous ferons le serment, et malgré tous les » embarras, nous ferons rapport à la commis» sion de la grâce que vous nous avez obtenue, » pourvu que notre fille ne meure point. » A peine eûmes-nous achevé cette promesse, qu'à l'instant notre fille fut guérie. Grâces à Dieu, elle vit encore, par l'intercession de saint Bobola ; elle se porte très-bien ; elle est pleine de force. »

Le mari et la sœur confirmèrent tous les principaux détails de cette déposition. Beaucoup d'autres témoins, qui avaient vu l'enfant malade et, peu de jours après, en très-bonne santé, vinrent témoigner à leur tour. Pascoli et Tarozzi firent cette déclaration : « Quoique la guérison de cette fille ne se soit point opérée instantanément, elle s'est cependant faite en si peu de temps, qu'elle est en dehors des lois de la nature. »

XXI.

La fille de Michel Brzozowski guérie d'une obstruction d'estomac et d'une dyssenterie.

Le huitième miracle ressemble au précédent. Il frappa tellement les deux professeurs romains, qu'ils conclurent en ces termes significatifs l'examen légal qu'ils en firent : « Il faut être aveugle ou vouloir s'aveugler pour nier qu'il y ait un miracle dans cette guérison et ce recouvrement de forces instantané. »

Racontons ce miracle dans toute la familiarité du récit, d'après la déposition du Père, faite en 1730 ou 1731, devant les commissaires apostoliques de Luck. « Moi, dit-il, Michel Brzozowski, je dépose sous la foi du serment que ma fille Catherine était si gravement malade d'une obstruction d'estomac et d'une dyssenterie sanguine, qu'il ne lui restait plus, comme on dit, que les os et la peau; elle avait alors trois ans. C'était vers la quatrième semaine du carême. Six années s'écoulèrent depuis. Je voulus essayer des médicaments; mais on me le déconseilla chez l'apothicaire. On me dit que le mal avait duré trop longtemps; qu'il avait troublé toutes les humeurs; que nul remède ne pouvait plus agir. Je ne doutais donc plus que ma fille ne dût m'être enlevée par la mort. Cependant ma femme se joignit à moi pour la recommander à saint Bobola. Nous partîmes en voiture pour Pinsk, amenant avec nous notre fille plus morte que vive. Nous descendîmes avec elle au tombeau. Dès qu'on l'ouvrit, ma fille se mit à étendre ses bras vers le saint, à faire des efforts pour quitter les bras de sa mère et s'approcher du saint. Mon épouse se hâta de la porter près du corps du saint; et ma fille, qui auparavant n'avait plus de sentiment, serra dans ses petites mains les pieds du serviteur de Dieu, les baisa. Presqu'au même instant elle fut entièrement guérie, dans le caveau même du saint. Nous rentrâmes dans l'hôtellerie: elle prit aussitôt de la nourriture. Depuis lors elle ne s'est plus ressentie de cette infirmité. Nous n'avons imploré la protection d'aucun autre saint, ni employé aucunes reliques. »

La dame confirma tous les détails fournis par son mari.

Cette famille noble habitait le village de Kaluedor, dans le district de Pinsk.

XXII.

Conclusion.

Tels sont les huit miracles, que les postulaseurs de la cause proposèrent à l'examen du Saint-Siége, et dont quatre ont reçu une approbation authentique. Ce serait un travail infini que de rapporter tous les autres. Du reste, ces huit faits semblent suffire pour nous montrer le crédit dont l'illustre martyr jouit auprès de Dieu.

Invoquons donc avec confiance le bienheureux André Bobola dans tous nos maux, dans toutes nos nécessités.

Invoquons-le surtout pour la conversion des schismatiques slaves : ils sont au nombre de plus de cinquante-quatre millions. Le mur, qui les sépare de la sainte Église de Dieu n'est pas tant l'ouvrage de l'hérésie que celui de l'aversion et de la haine. Prions pour qu'un zèle amer n'augmente point la division, mais que la douce charité rapproche les cœurs et amène enfin l'accomplissement du dernier souhait du P. Bobola, qui n'était que l'écho du dernier désir de notre divin Sauveur :

« QU'IL N'Y AIT QU'UN SEUL TROUPEAU ET QU'UN SEUL PASTEUR ! »

FIN

TABLE DES MATIÈRES

DES

OPUSCULES DE LA 2me ANNÉE. 1853.

TOME II.

Juillet—Décembre.

www.ingramcontent.com/pod-product-compliance
Lightning Source LLC
LaVergne TN
LVHW050420160826
845677LV00002BA/448

* 9 7 8 2 3 2 9 7 5 3 7 6 8 *